Cartas sobre la mesa

Biblioteca Agatha Christie

Agatha Christie
Cartas sobre la mesa

Traducción de Ángel Soler Crespo

 Planeta

La lectura abre horizontes, iguala oportunidades y construye una sociedad mejor.
La propiedad intelectual es clave en la creación de contenidos culturales porque
sostiene el ecosistema de quienes escriben y de nuestras librerías.
Al comprar este libro estarás contribuyendo a mantener dicho ecosistema vivo y
en crecimiento.
En **Grupo Planeta** agradecemos que nos ayudes a apoyar así la autonomía creativa
de autoras y autores para que puedan seguir desempeñando su labor.
Dirígete a CEDRO (Centro Español de Derechos Reprográficos) si necesitas fotocopiar
o escanear algún fragmento de esta obra. Puedes contactar con CEDRO a través de la
web www.conlicencia.com o por teléfono en el 91 702 19 70 / 93 272 04 47

Agatha Christie

© Editorial Planeta, S. A., 2024
   Avda. Diagonal, 662-664, 08034 Barcelona (España)
   www.planetadelibros.com

Publicado de acuerdo con Grupo Planeta Argentina S.A.I.C.

Diseño de la cubierta: Booket / Área Editorial Grupo Planeta
Ilustración de la cubierta: © David Sierra
Primera edición en Colección Booket: febrero de 2024
Segunda impresión: marzo de 2024
Tercera impresión: septiembre de 2024
Cuarta impresión: marzo de 2025

Depósito legal: B. 20.540-2023
ISBN: 978-84-08-28371-3
Composición: Realización Planeta
Impresión y encuadernación: QP Print
Printed in Spain - Impreso en España

Biografía

Agatha Christie es conocida en todo el mundo como la Dama del Crimen. Es la autora más publicada de todos los tiempos, tan solo superada por la Biblia y Shakespeare. Sus libros han vendido más de dos mil millones de ejemplares en todo el mundo. Escribió un total de ochenta novelas de misterio y colecciones de relatos breves, más de veinticinco obras de teatro y seis novelas escritas con el pseudónimo de Mary Westmacott. Probó suerte con la pluma mientras trabajaba en un hospital durante la Primera Guerra Mundial, y debutó en 1920 con *El misterioso caso de Styles*, cuyo protagonista es el legendario detective Hércules Poirot, que luego aparecería en treinta y tres libros más. Alcanzó la fama con *El asesinato de Roger Ackroyd* en 1926, y creó a la ingeniosa Miss Marple en *Muerte en la vicaría*, publicado por primera vez en 1930. Se casó dos veces, una con Archibald Christie, de quien adoptó el apellido con el que es conocida mundialmente como la genial escritora de novelas y cuentos policiales y detectivescos, y luego con el arqueólogo Max Mallowan, al que acompañó en varias expediciones a lugares exóticos del mundo que después usó como escenarios en sus novelas. En 1961 fue nombrada miembro de la Real Sociedad de Literatura y en 1971 recibió el título de Dama de la Orden del Imperio Británico, un título nobiliario que en aquellos días se concedía con poca frecuencia. Murió en 1976 a la edad de ochenta y cinco años. Sus misterios encantan a lectores de todas las edades, pues son lo suficientemente simples como para que los más jóvenes los entiendan y disfruten, pero a la vez muestran una complejidad que las mentes adultas no consiguen descifrar hasta el final.

www.agathachristie.com

Personajes

Relación de los principales personajes que intervienen en esta obra:

ASTWELL: asistenta de miss Meredith y miss Dawes.

ELISE BATT: antigua doncella de Mrs. Luxmore, viuda de un conocido botánico supuestamente asesinado.

BATTLE: superintendente de Scotland Yard.

BURGUESS: secretaria del doctor Roberts.

RHODA DAWES: amiga íntima de Anne Meredith.

JOHN DESPARD: comandante del ejército, joven, alto y distinguido.

LORRIMER: mujer elegante, sexagenaria, inteligente y muy culta.

ANNE MEREDITH: hermosa joven, de posición modesta, que vive con Rhoda Dawes.

O'CONNOR: sargento de policía.

ARIADNE OLIVER: extremista feminista autora de novelas policíacas.

HÉRCULES POIROT: famoso detective belga.

RACE: coronel del Servicio Secreto.

GEOFFREY ROBERTS: médico y hombre de mundo.

SHAITANA: hombre enigmático y rico que es asesinado en su domicilio.

Advertencia de la autora

Existe la idea, bastante generalizada, de que una novela policíaca es como una gran carrera con muchos participantes, generalmente caballos y jinetes. Pueden ustedes apostar por el que prefieran. El asesino es, según la mayoría, el opuesto al favorito de una carrera de caballos. En otras palabras: es un personaje completamente ajeno. Localicen al que parezca haber tenido menos oportunidades de cometer el crimen y, en el noventa por ciento de los casos, su tarea habrá terminado.

Como no quiero que mis fieles lectores desechen este libro con disgusto, prefiero advertirles de que la novela que van a leer no es de la clase a la que antes me he referido. Solamente hay en ella cuatro participantes y cualquiera de ellos, si se dieran determinadas circunstancias, pudo haber cometido el asesinato. Esto elimina, por fuerza, el factor sorpresa. Sin embargo debería haber, según creo, un interés igual por los cuatro, puesto que cada uno de ellos ha cometido un asesinato y es capaz de realizar nuevos crímenes. Se trata de cuatro tipos del todo diferentes. El motivo que les impulsó al asesinato fue particular de cada uno de ellos y, en consecuencia, también lo fue el método empleado. Por lo tanto, las deducciones que se hagan deben ser totalmente psicológicas, pero no por ello son menos interesantes. Pues una vez está todo dicho y hecho, el supremo interés lo presenta la mente del criminal.

Debo decir, como argumento adicional en favor de esta novela, que fue uno de los casos favoritos de Hércules Poirot. No obstante, su amigo, el capitán Hastings, lo encontró muy insustancial cuando el detective se lo relató. Me gustaría saber con cuál de los dos estarán de acuerdo mis lectores.

Capítulo 1
Mr. Shaitana

—¡**M**i querido monsieur Poirot!

Se trataba de una voz suave y acariciadora, una voz usada deliberadamente como instrumento. En ella no había nada espontáneo ni impremeditado.

Hércules Poirot dio media vuelta. Se inclinó y estrechó ceremoniosamente la mano que el otro le tendía.

En los ojos del detective se reflejó una expresión extraña. Podía decirse que aquel encuentro casual había despertado en él una emoción experimentada en raras ocasiones.

—Mi estimado Mr. Shaitana.

Ambos callaron. Parecían dos duelistas *en garde*.

Alrededor de ellos se arremolinaba con sosiego una masa de londinenses lánguidos y bien vestidos. Se oía el murmullo de las voces.

—¡Precioso! ¡Exquisito!

—Son divinas, ¿no te parece, querida?

Se encontraban en la exposición de cajas de rapé que se celebraba en Wessex House. El precio de la entrada, una guinea, se destinaba a los hospitales de Londres.

—¡Mi querido amigo, qué agradable verle de nuevo! —dijo Mr. Shaitana—. ¿Escasea el trabajo de colgar o guillotinar a la gente? ¿Decae la actividad en el mundo criminal? ¿O va a ocurrir aquí un robo esta misma tarde? Eso sería delicioso.

—Siento decepcionarle, monsieur, pero mi presencia aquí se debe a motivos puramente personales.

La atención de Shaitana recayó, de momento, sobre una adorable jovencita que llevaba unos apretados rizos en un lado de la cabeza y tres cornucopias de paja negra en el otro.

—Querida, pero ¿por qué no vino a mi última fiesta? —preguntó Shaitana—. ¡Fue maravillosa! Un buen montón de gente se dignó hablarme. Hasta una mujer me dijo: «¿Cómo está usted?», «Adiós» y «Muchísimas gracias». Claro que la pobre era provinciana, desde luego.

Mientras la adorable jovencita contestaba adecuadamente a estas palabras, Poirot estudió con detenimiento el hirsuto adorno que campeaba sobre el labio superior de Shaitana. Era un buen bigote, muy elegante. Tal vez el único bigote que en Londres podía competir con el de Hércules Poirot.

«Pero no es tan exuberante. No, no hay duda de que es inferior en todos los aspectos. *Tout de même* llama la atención», dijo para sí mismo.

Todo en Shaitana llamaba la atención, pues esa era su intención. Intentaba deliberadamente que su aspecto fuera lo más mefistofélico posible. Era alto y delgado, de cara alargada y melancólica en la que resaltaban unas cejas muy acentuadas y negras como el azabache. Llevaba un bigote con las puntas engominadas y una perilla negra. Sus ropas eran obras de arte, de un corte correctísimo, aunque con cierto aire grotesco.

Todo buen inglés, cuando topaba con él, sentía un ardiente deseo de darle un puntapié y decía con una singular falta de originalidad: «Ahí viene ese maldito *dago** de Shaitana».

---

* Nombre que dan en Inglaterra y en Estados Unidos a todo extranjero de piel morena. *(N. del t.)*

Las esposas, hijas, hermanas, tías, madres y hasta las abuelas de esas inglesas, variando las palabras de acuerdo con su propia generación, solían decir también frases parecidas a esta: «Ya lo sé, querida. Tiene un aspecto demasiado terrible, desde luego. ¡Pero es tan rico! ¡Y da unas fiestas tan magníficas! Además, siempre tiene alguna anécdota divertida y malintencionada que contarte de la gente».

Nadie sabía si Mr. Shaitana era argentino, portugués, griego o de cualquier otra de las nacionalidades despreciadas por los británicos. Pero tres hechos eran ciertos:

Vivía lujosamente en un piso carísimo de Park Lane.

Daba fiestas de todas clases: grandes, pequeñas, macabras, respetables y extravagantes.

Era un hombre a quien casi todos temían.

Esto último era difícil de expresar con palabras concretas. Tal vez era debido a que transmitía la sensación de saber muchas cosas, más de las convenientes, sobre todo el mundo. A esto se unía un especial sentido del humor.

La gente intuía que era mucho mejor no arriesgarse ofendiendo a Mr. Shaitana.

Aquella tarde, su humor le incitaba a fastidiar a aquel hombre de aspecto ridículo llamado Hércules Poirot.

—¿De modo que un policía también necesita distraerse? —observó—. Se interesa usted por el arte a una edad demasiado avanzada, monsieur Poirot.

El detective sonrió.

—Ya he visto que ha cedido usted tres cajas de rapé a la exposición.

Shaitana agitó una mano con un gesto de excusa.

—Algunas veces me dedico a comprar bagatelas. Debería usted pasar un día por mi casa. Tengo algunas piezas interesantes. Pero no me limito a ningún período en particular ni a objetos determinados.

—Sus gustos son universales —comentó Poirot, sonriendo.

—Exactamente.

De repente, los ojos de Shaitana brillaron, levantó las comisuras de los labios y sus cejas se arquearon.

—Hasta le puedo enseñar varios objetos relacionados con su profesión, monsieur Poirot.

—¿Acaso tiene un Museo del Crimen particular?

—¡Bah! —Shaitana chasqueó los dedos con desdén—. La taza que utilizó el asesino de Brighton, las herramientas de un célebre ladrón, todo eso son chiquillerías absurdas. Yo no me intereso por esa basura. Me gusta coleccionar lo mejor de su clase.

—¿Qué cosas considera usted mejores en el crimen? Me refiero desde un punto de vista artístico.

Shaitana se inclinó y apoyó dos dedos sobre el hombro del detective. Siseó la respuesta con un tono teatral:

—Los seres humanos que lo cometen, monsieur Poirot.

El belga arqueó las cejas.

—¡Ajá! Le he sorprendido. Mi querido amigo, usted y yo consideramos estas cosas desde puntos de vista opuestos. Para usted, el crimen es una mera rutina: un asesinato, una investigación, una pista y, por último, el descubrimiento del asesino, pues indudablemente es usted un experto en la materia. ¡A mí esas trivialidades no me interesan! No me atraen los ejemplares de poco valor. Un asesino descubierto es, necesariamente, un fracasado. Es de segunda clase. No, yo considero el asunto desde el punto de vista artístico. ¡Solo colecciono lo mejor!

—¿Qué es lo mejor?

—Los que han logrado salirse con la suya. ¡Los que han tenido éxito! Los criminales que disfrutan de una vida agradable y sobre los que no se tiene ni la más mínima sospecha. Debe usted admitir que mi afición es divertida.

—Estaba pensando en otra palabra y no era precisamente *divertida*.

—¡Tengo una idea! —exclamó Shaitana sin hacer caso

de la crítica—. ¡Una pequeña reunión! ¡Una cena para que tenga la oportunidad de conocer mi colección! Es una ocurrencia divertida, de veras. No sé cómo no he pensado antes en ella. Sí, sí, eso es. Deme un poco de tiempo. La próxima semana no podrá ser. ¿Digamos la siguiente? ¿No tendrá ningún compromiso? ¿Qué día podemos elegir?

—Si es dentro de dos semanas, cualquier día me viene bien.

—Bien, entonces digamos el viernes. El viernes, día 18. Lo anotaré en mi agenda. Desde luego, la idea me gusta enormemente.

—Pues yo no estoy tan seguro de que me guste —replicó Poirot con lentitud—. No quiero decir con eso que desprecie su amable invitación. No, no es eso.

Shaitana le interrumpió.

—Pero ha quedado conmovida su sensibilidad *bourgeois*, ¿verdad? Amigo mío, debe usted desembarazarse de las limitaciones que impone la mentalidad de un policía.

—Realmente, tengo un concepto absolutamente *bourgeois* sobre el asesinato.

—¿Por qué? Cuando se trata de un asunto estúpido, vulgar y sanguinario, sí, estoy de acuerdo con usted. ¡Pero el asesinato puede ser un arte! Y el asesino, un artista.

—Lo admito.

—Entonces, ¿qué le parece?

—De todos modos, no deja de ser un asesino.

—Estoy convencido de que hacer algo extremadamente bien constituye en sí una justificación. Usted, dejando a un lado toda imaginación, quiere coger al asesino, esposarlo, encerrarlo en la cárcel y, finalmente, hacer que lo cuelguen del cuello con la primera luz del alba. En mi opinión, un asesino realmente afortunado debería tener derecho a que el Estado le pagara una pensión, y yo no tendría ningún inconveniente en invitarlo a cenar.

Poirot se encogió de hombros.

—No soy tan indiferente al arte en el crimen como usted supone. Puedo sentir admiración hacia el asesino perfecto, como podría admirar también a un tigre, que es una fiera rayada espléndida. Pero lo admiraría desde el exterior de la jaula. No entraría en ella, a no ser que mi deber me obligara. Pues, como usted sabe, Mr. Shaitana, el tigre puede saltar y...

Su interlocutor rio.

—Comprendo. ¿Y el asesino?

—Puede matar —comentó Poirot gravemente.

—¡Mi querido amigo, pero qué alarmista es usted! Entonces, ¿no quiere venir a ver mi colección de... tigres?

—Al contrario. Estaré encantado.

—¡Qué intrépido!

—No me ha entendido usted del todo. Con mis palabras, quería prevenirle. Pretendía hacerme admitir que su idea de coleccionar asesinos era divertida. Le he dicho que, en lugar de «divertida», podía emplear otra palabra. Yo diría «peligrosa». Creo, Mr. Shaitana, que su distracción puede serlo.

El otro soltó una risotada mefistofélica.

—Le espero, pues, el día 18. ¿De acuerdo?

Poirot hizo una reverencia.

—Sí, puede usted contar conmigo ese día. *Mille remerciements*.

—Organizaré una pequeña reunión —dijo Shaitana como si hablara consigo mismo—. No se olvide: a las ocho.

Durante unos momentos, Poirot contempló cómo se alejaba.

Después, meneó lentamente la cabeza con aire pensativo.

Capítulo 2
Cena en casa
de Mr. Shaitana

La puerta del piso que ocupaba Mr. Shaitana se abrió silenciosamente. Un mayordomo de pelo gris se apartó para que pasara Poirot. Después, cerró la puerta con tanto cuidado como la había abierto y ayudó eficientemente al invitado a que se quitara el abrigo y el sombrero.

—¿A quién anuncio, por favor? —preguntó en voz baja e inexpresiva.

—A monsieur Hércules Poirot.

Un murmullo de conversaciones se difundió por el vestíbulo cuando el mayordomo abrió la puerta y anunció:

—Monsieur Hércules Poirot.

Shaitana se adelantó para recibirle con un vaso de jerez en la mano. Iba inmaculadamente vestido, como era su costumbre. Su aspecto mefistofélico había aumentado aquella noche y sus cejas parecían más acentuadas debido a la expresión burlona que las levantaba.

—Permítame que le presente. ¿Conocía usted ya a Mrs. Oliver?

La teatralidad que había en él quedó satisfecha al ver el leve gesto de sorpresa que hizo Poirot.

Mrs. Ariadne Oliver estaba considerada como una de las principales escritoras de novelas policíacas y otros textos sensacionalistas. Escribía de forma amena, aunque sin mucho respeto por la gramática, artículos que aparecían en *Las inclinaciones del criminal*, *Crímenes pasionales famosos* y

Asesinato por amor contra asesinato por codicia. Era también una feminista radical y, cuando algún asesinato famoso ocupaba la atención de la prensa, podía darse por sentado que se publicaría una entrevista con Mrs. Oliver en la que diría: «¡Ay, si una mujer estuviera al frente de Scotland Yard!». Creía firmemente en la intuición femenina.

Por lo demás, era una mujer agradable, de mediana edad, que vestía con elegancia, aunque de una forma un tanto desaliñada. Tenía los ojos bonitos, los hombros erguidos y una espléndida cabellera gris con la que continuamente experimentaba. Unos días su aspecto era muy intelectual porque se había peinado con el pelo recogido en un moño sobre la nuca. En otras ocasiones, Mrs. Oliver aparecía de repente con tirabuzones estilo Madonna o con una gran cantidad de rizos revueltos. Aquella noche llevaba flequillo.

Saludó a Poirot con su agradable voz profunda, pues ya lo había conocido anteriormente en una comida literaria.

—Y el superintendente Battle, al que sin duda alguna usted ya conoce —prosiguió Shaitana.

Un hombre corpulento y macizo, de rudas facciones, se adelantó. El superintendente no solo daba la impresión, a quien lo viera, de que estaba tallado en madera, sino que se esforzaba en demostrar que la madera en cuestión era de una dureza extraordinaria.

Battle tenía fama de ser uno de los mejores hombres de Scotland Yard, aunque su rostro mostraba una engañosa expresión de estupidez.

—Ya conozco a monsieur Poirot.

Su rígido rostro se distendió en una sonrisa y luego recobró la apariencia de antes.

—El coronel Race —continuó Shaitana.

Poirot no le conocía personalmente, pero sí había oído hablar de él. Era un hombre enigmático, elegante, muy bronceado por el sol y de unos cincuenta años de edad. Por lo general, podía encontrársele en cualquier lugar remoto del Imperio, sobre todo si por allí se fraguaba algún conflicto. *Servicio Secreto* es un término melodramático, pero con él se pueden describir llanamente y con exactitud la naturaleza y el alcance de las actividades del coronel Race.

Poirot entendió entonces y valoró adecuadamente el significado especial de las intenciones humorísticas de su anfitrión.

—Los demás invitados se han retrasado —dijo Shaitana—. Tal vez yo tenga la culpa, pues creo que los cité para las ocho y cuarto.

En aquel momento, se abrió la puerta y el mayordomo anunció:

—El doctor Roberts.

El hombre entró en la habitación con los modos rápidos que los médicos utilizan cuando visitan a sus enfermos. Era un individuo jovial, de rostro encarnado y mediana edad. Tenía los ojos pequeños y brillantes, una calvicie incipiente, tendencia a *embonpoint* y un aspecto general de médico bien lavado y desinfectado. Sus modales eran alegres y resueltos. Daba la sensación de que los diagnósticos que formulara tenían que ser necesariamente correctos; sus tratamientos, agradables y prácticos: «Quizá un poco de champán durante la convalecencia». Un hombre de mundo en todos los aspectos.

—Espero no haber llegado tarde —dijo Roberts cordialmente.

Estrechó la mano del anfitrión y fue presentado a los demás invitados. Pareció particularmente satisfecho de conocer a Battle.

—¡Caramba! Usted es uno de los peces gordos de Scotland Yard, ¿no es así? ¡Muy interesante! Ya sé que es una mala cosa hacerle hablar de su profesión ahora, aunque le advierto que trataré de que lo haga. Posiblemente no sea muy adecuado para un médico, pero siempre me ha interesado el crimen. No debo confesárselo a mis pacientes que sufren de los nervios, ¡ja, ja!

La puerta volvió a abrirse.

—Mrs. Lorrimer.

Era una mujer vestida con elegancia, de unos sesenta años. Sus facciones estaban primorosamente talladas. Llevaba un peinado impecable y tenía una voz clara e incisiva.

—No llego tarde, ¿verdad? —dijo, avanzando hacia Mr. Shaitana.

Luego saludó al doctor Roberts, a quien ya conocía.

—El comandante Despard —anunció el mayordomo.

El recién llegado era un joven alto, delgado y distinguido. Una cicatriz en la sien le desfiguraba algo la cara. Después de ser presentado, se dirigió con naturalidad hacia donde estaba el coronel Race y pronto estuvieron los dos hablando de deportes y comparando sus experiencias en los safaris.

La puerta se abrió una vez más y el mayordomo anunció:

—Miss Meredith.

Era una muchacha de poco más de veinte años. De mediana estatura y aspecto gallardo, unos rizos castaños le caían sobre el cuello y sus ojos eran grandes, aunque estaban un tanto separados. No llevaba maquillaje. Hablaba con lentitud y algo tímidamente.

—¡Dios mío! —exclamó—. ¿Soy la última?

Shaitana se apresuró a recibirla con una copa de jerez y una respuesta galante. Hizo las presentaciones con mucha ceremonia.

Miss Meredith se quedó junto a Poirot con su copa de jerez.

—Nuestro amigo es muy puntilloso —observó el detective sonriendo.

La muchacha asintió.

—Desde luego. Actualmente, la gente no se preocupa

de las presentaciones. Se limitan a decir «Supongo que ya conoce a los demás» y te dejan abandonada.

—Tanto si conoces a los demás como si no, ¿verdad?

—Eso es. Algunas veces una se siente confusa, pero creo que el sistema de Shaitana infunde mucho más temor. —Titubeó unos segundos y luego preguntó—: ¿Aquella es Mrs. Oliver, la novelista?

En aquel instante, se oyó por encima del murmullo general la voz grave de la aludida, que hablaba con el doctor Roberts.

—No puede usted pasar por alto el instinto femenino, doctor. Las mujeres saben esas cosas.

Sin recordar que se había peinado con flequillo, se pasó la mano por el pelo para alisarlo hacia atrás.

—Sí, es Mrs. Oliver.

—¿La que escribió *Un cadáver en la biblioteca*?

—La misma.

Miss Meredith frunció el entrecejo.

—Y ese hombre de cara de palo..., ¿ha dicho Mr. Shaitana que es un superintendente?

—Sí, de Scotland Yard.

—¿Y usted?

—¿Yo?

—Le conozco muy bien, monsieur Poirot. Fue usted quien en realidad descubrió el misterio de la guía de ferrocarriles.

—Me llena usted de confusión, mademoiselle.

—Mr. Shaitana... —empezó a decir la muchacha, pero calló—. Mr. Shaitana...

—Podría decirse que está obsesionado por el crimen —comentó el belga—. Al menos, lo parece. No hay duda de que desea oír cómo discutimos entre nosotros. Ya está incitando a Mrs. Oliver contra el doctor Roberts. Ahora discuten sobre los venenos que no dejan rastro.

—¡Qué hombre tan extravagante!

—¿El doctor Roberts?

—No, Mr. Shaitana. —Se estremeció—. Hay algo en él que me asusta. Nunca se sabe qué cosas encuentra divertidas. Podría ser... podría ser que le gustasen las cosas crueles.

—¿Como las cacerías de zorros?

Miss Meredith le dirigió una mirada de reproche.

—Quería decir... ¡Oh! Yo me refería a la refinada crueldad oriental.

—Tal vez tenga una mente tortuosa.

—¿Torturador?

—No, no, he dicho tortuosa.

—De todas formas, creo que no me gusta en absoluto —confesó la joven bajando la voz.

—No obstante, le gustará la cena —aseguró Poirot—. Tiene una cocinera maravillosa.

Ella lo miró con recelo y luego rio.

—¡Vaya! Ya veo que usted también es humano.

—¡Claro que lo soy!

—Compréndame, es que todas estas celebridades intimidan un poco.

—Mademoiselle, no debe usted intimidarse. En todo caso, debería estar muy emocionada. Debería tener preparado su libro de autógrafos.

—Pero a mí no me interesa realmente el crimen, ni creo que le interese a ninguna mujer. Los hombres son los únicos que leen novelas policíacas.

—¡Ay! —murmuró el detective—. ¡Qué no daría yo ahora mismo por ser un actor de cine, aunque fuera mediocre!

El mayordomo abrió la puerta de par en par.

—La cena está servida.

El pronóstico de Poirot se cumplió ampliamente. La comida fue exquisita y perfecta en sus detalles. Luz suave, maderas pulidas y el centelleo azul del cristal irlandés.

Shaitana, sentado a la cabecera, tenía un aspecto más diabólico que nunca. Pidió disculpas con elegancia sobre el número desigual de hombres y mujeres.

Mrs. Lorrimer tomó asiento a su derecha y Mrs. Oliver, a su izquierda. Miss Meredith se sentó entre el superintendente y el comandante, y Poirot entre Mrs. Lorrimer y el doctor Roberts.

—No vamos a permitir que acapare durante toda la noche a la única chica bonita que tenemos. Ustedes los franceses no pierden el tiempo.

—Yo soy belga —contestó Poirot.

—Tanto da en lo que se refiere a las mujeres —comentó el médico alegremente.

Después, comenzó a discutir con Race sobre los últimos avances para tratar la enfermedad del sueño.

Mrs. Lorrimer habló con Poirot de los últimos estrenos teatrales. Sus opiniones eran muy sensatas. Pasaron luego al tema de los libros y, a continuación, discutieron sobre política mundial. Poirot descubrió que Mrs. Lorrimer era una mujer instruida y muy inteligente.

En el lado opuesto de la mesa, Mrs. Oliver le preguntaba al comandante Despard si conocía algunos venenos exóticos o poco comunes.

—El curare.

—¡Eso es *vieux jeu*, mi querido amigo! Ha sido empleado centenares de veces. ¡Me refiero a algo completamente nuevo!

—Las tribus primitivas están algo chapadas a la antigua —replicó el comandante con un tono seco—. Prefieren utilizar los mismos elementos que sus abuelos y bisabuelos.

—¡Qué aburridos son! —dijo Mrs. Oliver—. Yo creía que estaban experimentando constantemente con hierbajos y cosas parecidas. ¡Qué oportunidad para los exploradores! Cuando volvieran a casa podrían matar a todos los tíos ricos con alguna nueva droga de la que nadie haya oído hablar.

—Eso debe usted buscarlo en los medios civilizados, no en las selvas. En un laboratorio moderno, por ejemplo. Existen cultivos de gérmenes en apariencia inofensivos que pueden producir enfermedades mortales.

—Eso no interesa a mis lectores. Además, los nombres de esos bichos se prestan a confusión: estafilococos, estreptococos... Muy complicados para que los escriba correctamente mi secretaria. Y, de todos modos, resultan algo aburridos, ¿no cree? ¿Qué opina usted, superintendente?

—En la vida real la gente no se busca tantas complicaciones —respondió Battle—. Por lo general, utilizan el arsénico porque es más eficiente y no resulta difícil de conseguir.

—Tonterías. Eso lo dice simplemente porque hay una infinidad de crímenes que ustedes, los de Scotland Yard, nunca consiguen descubrir. Si tuvieran allí a una mujer...

—Puede decirse que tenemos...

—Sí, a esas horribles mujeres policías que llevan un gorro ridículo y molestan a la gente en los parques. Me refiero a una en un alto cargo. Las mujeres saben mucho sobre crímenes.

—Son asesinas muy eficaces —comentó el policía—. No pierden la cabeza y le echan coraje al asunto.

Shaitana rio suavemente.

—El veneno es un arma femenina —observó—. Deben de existir muchas envenenadoras que nunca fueron descubiertas.

—Claro que las hay —afirmó Mrs. Oliver, sirviéndose una generosa porción de *mousse de foie gras*.

—Un médico también tiene oportunidades —prosiguió Shaitana con aspecto pensativo.

—Protesto —dijo el doctor Roberts con una expresión

risueña—. Cuando envenenamos a nuestros pacientes es por accidente.

—Pues si yo estuviera decidido a cometer un crimen... —Shaitana se detuvo y hubo algo en su pausa que llamó la atención de los demás.

Todos los rostros se volvieron hacia él.

—Creo que lo llevaría a cabo con la mayor sencillez posible —añadió—. Siempre existe la posibilidad de un accidente, de que se dispare un arma sin querer, o algún accidente doméstico. —Se encogió de hombros y cogió su copa—. Pero ¿quién soy yo para decir esas cosas con tantos expertos como hay aquí?

Levantó la copa y, al beber, la luz del candelabro proyectó una mancha roja sobre su cara, el bigote engominado, la perilla y sus fantásticas cejas.

Hubo un momento de silencio y a continuación se escuchó la voz de Mrs. Oliver que decía:

—¿Qué hora marca el reloj? Está pasando un espíritu. No tengo los dedos cruzados, ¡debe de ser un espíritu malo!

Capítulo 3
Una partida de *bridge*

Cuando los invitados volvieron al salón, encontraron preparada una mesa de *bridge*. Se sirvió el café y Mr. Shaitana preguntó:

—¿Quién juega al *bridge*? Que yo sepa, Mrs. Lorrimer y el doctor Roberts. ¿Juega usted, miss Meredith?

—Sí, aunque no muy bien.

—Excelente. ¿Y el comandante Despard? Perfecto. ¿Qué les parece si ustedes cuatro juegan aquí?

—Menos mal que habrá partida —dijo Mrs. Lorrimer en un aparte a Poirot—. Soy una de las más fervientes aficionadas al *bridge* que existen. Es algo que está creciendo en mí. No acepto ninguna invitación si sé que no jugaremos después de la cena, pues me duermo irremediablemente. Ya sé que todo esto es vergonzoso, pero es así.

Eligieron las parejas. Mrs. Lorrimer se emparejó con Anne Meredith, y Despard con Roberts.

—Mujeres contra hombres —dijo la primera cuando tomó asiento y empezó a barajar las cartas con manos expertas—. Las cartas azules, ¿no le parece, compañera? Soy algo caprichosa.

—Procure ganar —dijo Mrs. Oliver poniendo de manifiesto sus tendencias feministas—. Demuestre a los hombres que no siempre pueden hacer lo que les dé la gana.

—Las pobrecitas no tienen la menor posibilidad —observó Roberts mientras barajaba el otro mazo de cartas—. Creo que le toca dar a usted, Mrs. Lorrimer.

Despard se sentó lentamente. Miraba a miss Meredith como si acabara de descubrir que era atractiva.

—Corte, por favor —dijo Mrs. Lorrimer con impaciencia.

El comandante, sobresaltado, se apresuró a cortar con un gesto de excusa.

Mrs. Lorrimer empezó a repartir las cartas.

—Tenemos preparada otra mesa en la habitación contigua —dijo Mr. Shaitana.

Abrió una puerta y los cuatro invitados restantes le siguieron hasta un saloncito confortablemente amueblado en el que estaba dispuesta otra mesa de juego.

—Tendremos que dividirnos —dijo Race.

—Yo no juego —anunció el dueño de la casa negando con la cabeza—. El *bridge* no me divierte.

Los otros protestaron, manifestando que, siendo así, preferían no jugar. Pero Shaitana sostuvo con firmeza su negativa y, por fin, tomaron asiento. Poirot y Mrs. Oliver contra Battle y Race.

El anfitrión los estuvo observando durante un rato. Sonrió mefistofélicamente cuando vio con qué cartas Mrs. Oliver declaraba un «dos sin triunfo» y luego pasó en silencio a la otra habitación.

Encontró a los demás jugadores con las caras serias, embebidos en la subasta: «Un corazón». «Paso.» «Tres tréboles.» «Tres picas.» «Cuatro diamantes.» «Doblo.» «Cuatro corazones.»

Shaitana observó la partida con la cara sonriente.

Luego, cruzó la habitación y se sentó en un gran sillón, al lado de la chimenea. En una mesa contigua había una bandeja con botellas. El resplandor del fuego se reflejaba en los protectores de cristal colocados ante el hogar.

Shaitana, un verdadero experto en el arte de la iluminación, había dispuesto aquella habitación de tal forma que parecía alumbrada únicamente por las llamas del fuego. Una lámpara con pantalla, colocada al lado de su sillón, le permitía leer si lo deseaba. Las lámparas indirectas distribuían la iluminación, aunque había un pequeño foco apuntado directamente a la mesa de juego, en torno a la cual seguían oyéndose las mismas exclamaciones monótonas.

«Un sin triunfo.» Claro y decisivo: Mrs. Lorrimer.

«Tres corazones.» Una nota agresiva en la voz: el doctor Roberts.

«Paso.» Una voz tranquila: Anne Meredith.

Siempre se producía una pausa antes de que Despard hablara. No era la vacilación del hombre que piensa con lentitud, sino la del que quiere estar seguro antes de hablar.

«Cuatro corazones.»

«Doblo.»

Mr. Shaitana sonrió con la cara iluminada por las vacilantes llamas, y así siguió mientras se le cerraban los párpados. Aquella fiesta le estaba resultando muy agradable.

—Cinco diamantes. Juego y *rubber* —anunció Race—. Ha jugado muy bien, compañero —se dirigió a Poirot—. No creí que consiguiera hacerlo. Hemos tenido suerte de que no salieran de picas.

—No me parece que hubieran variado mucho las cosas —replicó el superintendente, que era un hombre benévolo.

Había cantado picas. Su compañera, Mrs. Oliver, tenía ayuda en este palo, pero «algo la había movido a salir con un trébol» y los resultados fueron desastrosos.

Race miró su reloj.

—Las doce y diez. ¿Jugamos otra partida?

—Tendrán que perdonarme —dijo el superintendente—. Estoy adquiriendo la costumbre de acostarme temprano.

—Yo también —convino Poirot.

—Será mejor que sumemos —confirmó Race.

El resultado de los cinco *rubbers* fue una aplastante victoria para los hombres. Mrs. Oliver perdió tres libras y siete chelines. Quien más ganó fue Race.

La novelista, aunque jugaba muy mal, sabía perder con deportividad. Pagó sin que le faltara el buen humor.

—Esta noche me ha salido todo al revés. Suele ocurrir. Ayer, por ejemplo, tuve unas cartas estupendas. Ciento cincuenta puntos en honores, tres veces consecutivas.

Se levantó y recogió su bolso, conteniendo a tiempo el movimiento instintivo de alisarse el pelo hacia la nuca.

—Supongo que Mr. Shaitana estará en la otra habitación —manifestó y, seguida por los otros tres, entró en el salón.

El dueño de la casa seguía sentado al lado del fuego y los jugadores estaban absortos en el transcurso de la partida.

—Doblo los cinco tréboles —decía en aquel momento Mrs. Lorrimer con su voz fresca e incisiva.

—Cinco sin triunfo.

—Los doblo.

Mrs. Oliver se dirigió hacia la mesa. Por lo visto, aquella mano prometía ser interesante. Battle la acompañó.

Race y Poirot fueron hacia donde estaba el anfitrión.

—Nos vamos, Shaitana —dijo el coronel.

El interpelado no contestó. Tenía la cabeza inclinada sobre el pecho y parecía haberse dormido. Race dirigió una mirada de extrañeza a Poirot y se acercó un poco más. De pronto, lanzó una exclamación ahogada mientras se inclinaba hacia delante. Poirot se colocó inmediatamente a su lado y miró lo que señalaba el coronel: algo que podía ser un botón de la camisa, pero que no lo era.

El detective se inclinó a su vez, tomó una de las manos de Shaitana y la dejó caer. Hizo un gesto afirmativo al ver la mirada interrogante de Race.

—Superintendente Battle —llamó Race—, acérquese, por favor.

El superintendente se acercó a ellos, mientras Mrs. Oliver se quedaba viendo cómo se jugaban los cinco «sin triunfo» doblados.

Battle era un hombre ágil a pesar de su corpulencia. En cuanto se reunió con los otros, preguntó:

—¿Ocurre algo?

El coronel le señaló la silenciosa figura del sillón.

Poirot contempló pensativamente el rostro de Shaitana, mientras Battle se inclinaba sobre este. Ahora parecía una cara inocente, con la barbilla caída, sin la expresión diabólica de antes. Meneó la cabeza.

El superintendente se incorporó. Había examinado, sin tocarlo, el objeto que parecía un botón de la camisa de Shaitana, pero que no lo era. Battle también le levantó una mano y la dejó caer.

Luego se quedó rígido, inconmovible, eficaz, marcial, dispuesto a hacerse cargo eficientemente de la situación.

—Un momento, por favor.

Su voz tenía un tono oficial, muy diferente al que había empleado durante la velada, y todos los que estaban jugando se volvieron en el acto. La mano de Anne Meredith quedó sobre el as de picas que iba a recoger del juego del «muerto».

—Siento comunicarles que nuestro anfitrión ha muerto.

Mrs. Lorrimer y el doctor Roberts se levantaron. Despard frunció el entrecejo y miss Meredith dio un ligero respingo.

—¿Está usted seguro?

Roberts, dominado por su instinto profesional, cruzó el salón con paso rápido. Battle le cerró el paso.

—Un momento, doctor Roberts. ¿Quiere decirme, primero, quién ha entrado y salido de la habitación desde que ha comenzado la velada?

Roberts lo miró fijamente.

—¿Entrado y salido? No lo entiendo. Nadie.

Battle dirigió la vista hacia otro lado.

—¿Es cierto, Mrs. Lorrimer?

—Desde luego.

—¿Ni el mayordomo ni alguno de los criados?

—No. El mayordomo ha traído esa bandeja cuando nos sentamos a jugar y no ha vuelto desde entonces.

El superintendente miró a Despard, quien asintió sin proferir palabra.

—Sí, sí, eso es —aseguró Anne, casi sin aliento.

—¿Qué pasa aquí? —preguntó Roberts con impaciencia—. Deje que lo reconozca. Puede haber sido sencillamente un mareo.

—No ha sido ningún mareo, y siento decirles que nadie deberá tocarlo hasta que venga el forense. Señoras y señores, Mr. Shaitana ha sido asesinado.

—¿Asesinado?

Se oyó un suspiro horrorizado e incrédulo lanzado por Anne. Una mirada fija, desconcertada, de Despard. Un agudo «¿Asesinado?» pronunciado por Mrs. Lorrimer. Un «¡Dios mío!» proferido por el doctor Roberts.

Battle asintió lentamente. En aquel instante tenía el aspecto de un mandarín de porcelana. Su expresión era desconcertante.

—Apuñalado —precisó—. Así ha ocurrido. Lo han apuñalado. ¿Alguno de ustedes se ha levantado de la mesa de juego esta noche?

Vio cuatro expresiones vacilantes confundidas. Miedo, indignación, congoja, horror, pero nada que le pudiera ayudar.

—¿Bien?

Siguió un momento de silencio y luego Despard, que se había levantado y puesto firme como un soldado, miró a Battle con una expresión sincera y dijo con tranquilidad:

—Creo que cada uno de nosotros ha abandonado la mesa en varias ocasiones durante la velada, bien para preparar unas copas o para añadir leña al fuego. Yo he hecho las dos cosas. Cuando me he acercado a la chimenea, Shaitana estaba dormido en el sillón.

—¿Dormido?

—Eso he creído, sí.

—Podía estarlo, o podía estar ya muerto. Lo averiguaremos dentro de poco. Les ruego que pasen a la habitación contigua. —Miró a Race, que permanecía inmóvil a su lado—. ¿Tal vez querrá usted acompañarlos, coronel?

—De acuerdo, superintendente.

Los cuatro jugadores fueron saliendo de la estancia.

Mrs. Oliver se sentó en una silla al otro lado de la habitación y empezó a sollozar calladamente.

Battle descolgó el teléfono y habló durante unos minutos. Luego se dirigió a los demás:

—La policía vendrá enseguida. La Jefatura ordena que me haga cargo del asunto. El forense llegará dentro de un rato. ¿Cuánto tiempo diría usted que ha transcurrido desde que lo han matado, Poirot? Yo opino que más de una hora.

—Eso me parece. Es una lástima que uno no pueda ser más exacto, que no pueda decir: «Este hombre ha muerto hace una hora, veinticinco minutos y cuarenta segundos».

Battle asintió con aspecto abstraído.

—Estaba sentado justamente frente al fuego. Eso influye un poco. Alrededor de una hora y no más de dos y media, es lo que dirá el forense, estoy seguro. Nadie ha visto ni oído nada. ¡Es asombroso! ¡Menudo riesgo ha corrido el asesino! La víctima hubiera podido gritar.

—Pero no lo ha hecho. Al criminal no le ha fallado la

suerte. Como ha dicho usted, *mon ami*, ha sido un asunto muy arriesgado.

—¿Tiene usted alguna idea de cuál ha sido el motivo? ¿Alguna sospecha?

Poirot contestó con lentitud:

—Sí, tengo algo que decir al respecto. ¿No le insinuó Mr. Shaitana el tipo de reunión a que íbamos a asistir esta noche?

Battle lo miró con mucha curiosidad.

—No, Poirot. No me insinuó nada. ¿Por qué lo dice?

Se oyó un timbre seguido por unos aldabonazos.

—Ahí están los nuestros —dijo Battle—, iré a abrirles. Ya me lo contará más tarde. Ahora me toca ocuparme del trabajo rutinario.

El superintendente salió de la habitación, mientras Mrs. Oliver continuaba sollozando.

Poirot se acercó a la mesa de juego y, sin tocar nada, echó una ojeada a las hojas en que los jugadores anotaban los tantos. Negó con la cabeza varias veces.

—¡Estúpido! —murmuró—. ¡Vaya idiota! Disfrazarse de diablo para asustar a la gente. *Quel enfantillage!*

Se abrió la puerta y entró el forense, escoltado por el inspector de la división, que venía hablando con Battle, y después entró el fotógrafo. En el vestíbulo montaba guardia un agente.

Había empezado la rutina para el esclarecimiento del crimen.

Capítulo 4
¿El primer asesino?

Poirot, Mrs. Oliver, Race y Battle estaban sentados alrededor de la mesa del comedor.

Había pasado una hora. Se habían llevado el cadáver, después de haberlo examinado y fotografiado. También llegó y se fue un perito en huellas digitales.

El superintendente miró a Poirot.

—Antes de que hagamos pasar a los cuatro sospechosos, necesito escuchar todo lo que me iba a contar antes. ¿Cree usted que la reunión de esta noche tenía un doble significado?

Poirot relató con mucho cuidado y lujo de detalles la conversación sostenida con Shaitana en la Wessex House.

Battle frunció los labios y casi lanzó un ligero silbido.

—De modo que ejemplares de museo, ¿eh? ¡Asesinos vivos! ¿Cree usted que se lo dijo en serio? ¿No le estaría tomando el pelo?

—No. Lo dijo en serio. Shaitana era un hombre que presumía de su actitud mefistofélica ante la vida. Rezumaba una gran vanidad. Era, además, un mentecato. Por eso ha muerto.

—Ya lo entiendo —dijo el superintendente como si expusiera sus pensamientos a medida que se le ocurrían—. Una reunión de ocho personas y él mismo. ¡Cuatro sabuesos y cuatro asesinos!

—¡Es imposible! —exclamó Mrs. Oliver—. Absolutamente imposible. Ninguna de las cuatro personas puede ser un criminal.

—No estoy tan seguro, Mrs. Oliver —replicó el policía—. Los asesinos se parecen en conducta y aspecto a la mayoría de la gente. Son amables, modestos y, muy a menudo, de conducta intachable.

—En ese caso, es el doctor Roberts —aseguró la novelista con firmeza—. Tan pronto como lo he visto, he presentido instintivamente que en él había algo malo. Mis instintos nunca me engañan.

Battle se dirigió a Race.

—¿Qué opina usted?

El coronel se encogió de hombros. Consideró la pregunta como referente a la declaración de Poirot, y no a las sospechas de Mrs. Oliver.

—Podría ser, podría ser. Eso demuestra que Shaitana tenía razón, por lo menos en uno de ellos. Al fin y al cabo, pudo sospechar que los cuatro eran asesinos sin estar totalmente seguro de ello. Tal vez acertó respecto a los cuatro casos o a uno solo. En uno de ellos no se equivocó, y su muerte lo prueba.

—Uno de los cuatro ha perdido el dominio de sus nervios. ¿No cree usted, monsieur Poirot?

El detective asintió.

—El difunto tenía cierta fama —comentó—. Poseía un peligroso sentido del humor y la reputación de ser despiadado. La víctima creía que Shaitana se estaba divirtiendo esta noche, en espera de que llegara el momento de entregarlo a la policía, ¡a usted! Él o ella ha debido de pensar que Shaitana tenía pruebas definitivas.

—¿Las tenía?

Poirot se encogió de hombros.

—Nunca lo sabremos.

—¡El doctor Roberts! —repitió Mrs. Oliver tenazmente—. Un hombre muy cordial. Los asesinos lo son a menudo ¡para disfrazar su verdadera condición! Si yo estuviera en su lugar, superintendente, lo arrestaría enseguida.

—Es muy posible que lo hiciera... si una mujer estuviese al frente de Scotland Yard —dijo Battle, con un destello brillante en sus ojos impasibles—. Pero ya comprenderá que, siendo hombres los que se ocupan de ello, debemos tener mucho cuidado. Debemos ir despacio, sin precipitaciones.

—Hombres..., hombres... —suspiró la novelista, mientras en su pensamiento componía varios artículos periodísticos sobre el particular.

—Será mejor que los hagamos pasar —añadió el superintendente—. No quiero tenerlos esperando demasiado tiempo.

El coronel hizo un movimiento como si fuera a incorporarse.

—Si usted quiere que salgamos...

Battle dudó un instante al ver la elocuente mirada que le dirigió Mrs. Oliver. Estaba perfectamente enterado de la posición oficial que ocupaba Race y, en cuanto a Poirot, había trabajado con la policía en diversas ocasiones. El único punto dudoso era decidir si la novelista podía quedarse. Pero el superintendente era un hombre comprensivo. Recordó que Mrs. Oliver había perdido tres libras y siete chelines y que había soportado la pérdida sin enfadarse.

—Por mí, pueden quedarse todos. Pero no quiero que me interrumpan —miró a Mrs. Oliver—. Y no quiero que se haga ninguna referencia a lo que Poirot nos acaba de contar. Era el secreto de Shaitana y, a todos los efectos, ha muerto con él. ¿Entendido?

—Perfectamente.

Battle se dirigió hacia la puerta y llamó al agente que montaba guardia en el vestíbulo.

—Vaya al saloncito. Encontrará a Anderson y a los cuatro invitados. Dígale al doctor Roberts que haga el favor de venir.

—Yo lo habría dejado para el final —opinó la escritora—. Si hubiera sido en una novela, quiero decir —añadió como excusándose.

—La vida real es un poco diferente —comentó Battle.

—Ya lo sé. En la vida real todo está mal dispuesto.

El doctor Roberts entró, amortiguando un tanto la viveza de sus movimientos.

—Oiga, Battle, este es un asunto endiablado. Perdone, Mrs. Oliver, pero es así. Hablando profesionalmente, casi no me lo puedo creer. Apuñalar a un hombre a pocos pasos de otras tres personas. —Negó con la cabeza—. ¡No me hubiera gustado hacerlo! —Esbozó una sonrisa—. ¿Qué es lo que debo hacer o decir para convencerles de que yo no he sido?

—Podemos considerar el motivo, doctor Roberts.

El médico asintió enfáticamente.

—Esto está claro. No tenía ni el más ligero motivo para desembarazarme del pobre Shaitana. Además, no lo conocía a fondo. Me divertía, era un tipo fantástico. Tenía un cierto aire oriental. Como es lógico, investigarán detenidamente mis relaciones con él, eso seguro. No soy tonto. Pero no encontrarán nada. No tenía ninguna razón para matar a Shaitana y no lo he hecho.

Battle asintió con gravedad.

—Eso está muy bien, doctor Roberts. Investigaré ese aspecto, como bien supone. Usted es un hombre razonable. ¿Qué puede decirme de sus tres compañeros de juego?

—Me temo que no sé mucho de ellos. A Despard y a miss Meredith los he conocido esta noche. Tenía referencias de Despard, pues había leído su libro de viajes, que, por cierto, me pareció un bonito cuento chino.

—¿Sabía usted que él y Shaitana se conocían?

—No. Shaitana nunca me habló de él. Como le he dicho,

había oído hablar de Despard, pero no lo conocía personalmente. A miss Meredith no la había visto nunca. Sin embargo, conozco a Mrs. Lorrimer.

—¿Qué sabe de ella?

Roberts se encogió de hombros.

—Es viuda, de posición económica bastante desahogada. Una mujer inteligente y bien educada, una jugadora de *bridge* muy buena. Puede decirse que la conocí así: jugando al bridge.

—¿Shaitana tampoco habló de ella en ninguna ocasión?

—No.

—Hum... No parece que eso nos ayude mucho. Vamos a ver, quizá tendrá usted la amabilidad de repasar cuidadosamente su memoria y decirme cuántas veces se ha levantado de la mesa y contarme, de paso, todo lo que pueda recordar sobre lo que han hecho sus compañeros de juego.

Roberts tardó unos instantes en contestar.

—Es difícil —dijo con franqueza—. Poco más o menos, puedo recordar lo que yo he hecho. Me he levantado tres veces; es decir, en las tres ocasiones en que he hecho de «muerto», he dejado mi asiento y he procurado ser útil. Una de las veces he añadido leña al fuego. Otra, he llevado bebidas a las dos damas y la última me he servido un whisky.

—¿Recuerda la hora exacta en que hizo eso?

—Vagamente. Creo que hemos empezado a jugar hacia las nueve y media. Yo diría que una hora después he arreglado el fuego. Al cabo de un rato, he llevado las bebidas a las señoras, creo que ha sido después de las dos manos siguientes. Serían, quizá, las once y media cuando me he servido el whisky, pero todo ello es aproximado. No lo puedo asegurar.

—La mesa donde estaban las bebidas se hallaba colocada al otro lado del sillón que ocupaba Mr. Shaitana, ¿verdad?

—Sí. Eso quiere decir que he pasado tres veces muy cerca de él.

—¿Creía usted que estaba dormido las tres veces?

—Eso he creído la primera vez. La segunda no le he mirado siquiera, y la tercera he pensado: «¡Cómo duerme el condenado!». Pero no le he mirado detenidamente.

—Muy bien. Ahora, dígame, ¿cuándo se han levantado de la mesa los demás jugadores?

El médico frunció el entrecejo.

—Es muy difícil de asegurar, muy difícil. Despard se ha levantado para traer un cenicero. Luego ha traído un vaso de whisky. Eso ha sido antes de que yo lo hiciera, porque recuerdo que me ha preguntado si había bebido y le he dicho que todavía no había tenido ocasión.

—¿Y las señoras?

—Mrs. Lorrimer se ha acercado una vez al fuego para atizarlo. Creo que ha hablado con Shaitana, aunque no estoy seguro. Yo entonces estaba muy entretenido jugando un «sin triunfo» verdaderamente arriesgado.

—¿Miss Meredith?

—Se ha levantado una sola vez. Se ha puesto a mi espalda y ha echado una ojeada a mis cartas porque éramos compañeros en aquel *rubber*. No sé qué ha hecho exactamente, no le prestaba atención.

—Tal como estaban ustedes sentados, ¿no había ninguna silla encarada directamente a la chimenea? —preguntó Battle.

—No. La mesa estaba colocada en posición oblicua respecto a ella y, además, entre nosotros y la chimenea había una vitrina china bastante grande, muy bonita. Desde luego, me doy perfecta cuenta de que era posible apuñalar a nuestro viejo amigo. Pero, al fin y al cabo, cuando uno está jugando al *bridge* no piensa en otra cosa. No mira a su alrededor ni se da cuenta de lo que pasa. La persona que lo ha hecho ha tenido la posibilidad de actuar en una de las

40

ocasiones en que le correspondía ser «el muerto». En ese caso...

—En ese caso, sin lugar a dudas, el asesino ha tenido que ser «el muerto» —dijo Battle.

—De todas formas —comentó Roberts—, se necesita tener mucha sangre fría. ¿Quién le aseguraba que no miraría nadie precisamente en el momento crítico?

—Sí —admitió el superintendente—. Ha corrido un gran riesgo. El motivo debía ser muy fuerte. Me gustaría saber cuál ha sido —añadió, mintiendo descaradamente.

—Supongo que ya lo averiguarán —aseguró Roberts—. Revisarán sus papeles y demás efectos. Seguramente encontrarán alguna pista.

—Así lo esperamos —afirmó Battle con cierta hosquedad. Dirigió una aguda mirada a su interlocutor—. Le quedaría muy reconocido, doctor Roberts, si me diera usted su opinión personal, de hombre a hombre.

—Claro que sí.

—¿Cuál de los tres cree usted que ha sido?

El médico se encogió de hombros.

—Eso es fácil. Así, de pronto, yo diría que ha sido Despard. Es un hombre de nervios bien templados y está acostumbrado a una vida llena de peligros en la que hay que estar dispuesto a obrar con presteza. No hubiera dudado en correr un riesgo. Estimo que las mujeres no tienen nada que ver con este asunto, pues, según creo, se necesita una cierta fuerza física.

—No tanta como se imagina —replicó el policía—. Eche un vistazo a esto.

Con la ligereza de un prestidigitador, sacó de pronto un instrumento de metal reluciente, largo y afilado, con una empuñadura redonda cubierta de piedras preciosas.

Roberts cogió el objeto y lo examinó con el detenimiento de un profesional. Tocó la punta y silbó.

—¡Vaya herramienta! ¡Vaya herramienta! Un juguete hecho ex profeso para matar. Puede penetrar en cualquier cuerpo con la misma facilidad con que atravesaría un trozo de mantequilla. Supongo que el asesino lo llevaría consigo.

Battle negó con la cabeza.

—No. Era propiedad de Mr. Shaitana. Estaba encima de la mesa situada cerca de la puerta, entre una notable cantidad de cachivaches.

—Entonces, el criminal se ha aprovechado de las circunstancias. Ha tenido suerte de encontrar por casualidad un utensilio como este.

—Bueno, es una forma de considerar el asunto —comentó Battle con lentitud.

—Desde luego, no ha tenido tanta suerte el pobre Shaitana.

—No me refería a esto, doctor Roberts. Quería decir que existe otro punto de vista respecto a la cuestión. Me figuro que la visión de este puñal ha despertado la idea del asesinato en la mente del criminal.

—¿Opina usted que ha sido una inspiración momentánea, que el asesinato no fue premeditado? ¿Que concibió la idea una vez estuvo en la casa? Ejem... ¿hay algo que le sugiera esta suposición?

—Es solamente una idea —dijo el superintendente impasible.

—Bien, podría haber sido así, desde luego —asintió Roberts.

—No quiero retenerle más, doctor. Muchas gracias por su colaboración. ¿Hará el favor de facilitarme su dirección?

—Por supuesto. 200 Gloucester Terrace. Mi número de teléfono es: Bayswater 23896.

—Muchas gracias. Seguramente tendré que llamarle dentro de poco.

—Me encantará hablar con usted cuando guste. Espero que la prensa no dé mucha publicidad al asunto. No quiero que mis pacientes más nerviosos se preocupen.

El superintendente se volvió hacia Poirot.

—Si desea hacer usted alguna pregunta, estoy seguro de que el doctor no tendrá inconveniente en contestarle.

—Claro que no. No faltaba más. Soy un gran admirador suyo, monsieur Poirot. Las pequeñas células grises, el orden y el método. Estoy enterado de todo eso. Presiento que habrá usted pensado en hacerme alguna pregunta verdaderamente intrigante.

Poirot extendió las manos de una manera que delataba su condición de extranjero.

—No, no. Solo necesito fijar con claridad en mi pensamiento todos los detalles. Por ejemplo, ¿cuántos *rubbers* han jugado?

—Tres —respondió Roberts rápidamente—, íbamos a terminar el primer juego del cuarto cuando han llegado ustedes.

—¿Quién ha jugado contra quién?

—En el primero, Despard y yo contra las señoras. Nos han dado un buen vapuleo, por cierto. No hemos podido hacer nada, ya que no hemos cogido ninguna carta que valiera la pena. En el segundo, miss Meredith y yo hemos jugado contra Despard y Mrs. Lorrimer —prosiguió—. Y en el tercero, Mrs. Lorrimer y yo contra miss Meredith y Despard. Hemos sorteado cada vez, pero ha salido la cosa de forma que en cada *rubber* hemos cambiado de compañero. En el cuarto he vuelto a jugar con miss Meredith.

—¿Quiénes han ganado?

—Mrs. Lorrimer ha ganado en todos los *rubbers*. Miss Meredith ha ganado en el primero y ha perdido en los dos siguientes. Yo he ganado un poco y la muchacha y Despard han debido de perder algo.

—Nuestro buen amigo el superintendente le ha preguntado su opinión sobre sus compañeros de juego como probables asesinos. Ahora, le ruego que me diga cuál es la impresión que se ha formado de ellos como jugadores de *bridge*.

—Mrs. Lorrimer es una jugadora de primera categoría —replicó Roberts sin titubear—. Apuesto lo que sea a que obtiene unos buenos ingresos anuales jugando al *bridge*. Despard es también un buen jugador, lo que yo llamo un jugador cabal, un individuo que sabe emplear la cabeza. A miss Meredith se la podría describir como una jugadora muy segura. No comete equivocaciones, pero sus jugadas no tienen brillantez.

—¿Qué opina de usted mismo, doctor?

Los ojos de Roberts chispearon.

—Me gusta cargar la mano un poco, según dicen. Me he dado cuenta de que siempre da buenos resultados.

Poirot sonrió.

El doctor Roberts se levantó.

—¿Algo más?

El detective hizo un gesto negativo.

—Bien, entonces, buenas noches. Buenas noches, Mrs. Oliver. Debería tomar nota de lo que ha ocurrido. Es mucho mejor que esos venenos que no dejan huella, ¿no le parece?

El médico salió de la habitación, caminando otra vez con su habitual vivacidad.

Cuando la puerta se cerró tras él, Mrs. Oliver comentó con sorna:

—¡Que tome nota! ¡Que tome nota! Hay que ver qué poca inteligencia tiene la gente. Si quiero, puedo inventarme cada día un asesinato mucho mejor que cualquier crimen real. Nunca me han faltado ideas para una trama. ¡Y mis lectores prefieren los venenos que no dejan huella!

Capítulo 5
¿El segundo asesino?

Mrs. Lorrimer entró en el comedor con el aire de una gran dama. Parecía un poco pálida, pero tranquila.

—Siento mucho tener que molestarla —le dijo Battle.

—Debe usted cumplir con su deber —respondió ella con tranquilidad—. Estoy de acuerdo en que es desagradable encontrarse en una situación como esta, pero querer eludirla no conduce a nada. Me doy perfecta cuenta de que una de las cuatro personas que estábamos en aquella habitación tiene que ser culpable. Supongo que no me creerá si le digo que yo no soy esa persona.

Aceptó la silla que le ofrecía Race y tomó asiento frente al superintendente.

Los inteligentes ojos grises de la mujer se fijaron en los del policía. Esperó atentamente a que él hablara.

—¿Conocía usted bien a Mr. Shaitana?

—No mucho. Me lo presentaron hace algunos años, pero nunca lo traté íntimamente.

—¿Dónde lo conoció?

—En un hotel, en Egipto. El Winter Palace de Luxor, según creo recordar.

—¿Qué opinión le merecía?

Mrs. Lorrimer se encogió de hombros.

—Lo consideraba, puede decirse así, como una especie de charlatán.

—¿Tenía usted, y perdone la pregunta, algún motivo para desear su muerte?

La mujer pareció divertida.

—En realidad, superintendente, ¿cree usted que lo admitiría si lo hubiera tenido?

—Debería hacerlo. Una persona inteligente tendría que ser consciente de que estas cosas se averiguan tarde o temprano.

Mrs. Lorrimer inclinó la cabeza pensativamente.

—Así es, desde luego. No, no tenía ningún motivo para desear la muerte de Mr. Shaitana. Con franqueza, me es indiferente que esté vivo o muerto. Lo consideraba como *un poseur* algo teatral y en ocasiones me irritaba. Esta es, o mejor dicho, era mi actitud hacia él.

—Está bien. Ahora, Mrs. Lorrimer, ¿puede usted decirme algo de sus compañeros de juego?

—Me temo que no. Esta noche he tratado por primera vez al comandante Despard y a miss Meredith. Ambos parecen ser buenas personas. Al doctor Roberts lo conocía superficialmente. Según creo, goza de bastante popularidad.

—¿Es el doctor Roberts su médico de cabecera?

—No.

—¿Podría decirme en cuántas ocasiones se ha levantado usted de la mesa y describir, asimismo, los movimientos de los otros tres?

—Suponía que me lo preguntaría y he estado recapacitando sobre ello. Me he levantado una sola vez, cuando hacía de «muerto». Me he acercado al fuego. Mr. Shaitana estaba vivo todavía y le he comentado lo bonito que era un buen fuego de leña.

—¿Le ha contestado?

—Sí. Me ha dicho que aborrecía los radiadores.

—¿Ha oído alguien más su conversación?

—No lo creo. He bajado la voz para no molestar a los que estaban jugando. Al fin y al cabo, tan solo tiene usted mi palabra de que Mr. Shaitana estaba vivo y ha hablado conmigo.

El superintendente no opuso ninguna objeción y prosiguió con sus preguntas metódicas y sosegadas.

—¿A qué hora ha ocurrido eso?

—Hacía poco más de una hora que habíamos empezado a jugar.

—¿Qué me dice de los demás?

—Roberts me ha traído una copa. Se ha servido otra para él, aunque eso ha sido más tarde. Despard también se ha levantado para servirse una copa, alrededor de las once y cuarto, poco más o menos.

—¿Solo se ha levantado una vez?

—No, creo que dos. Los caballeros han estado yendo y viniendo por la habitación, pero no me he dado cuenta de qué hacían. Miss Meredith se ha levantado una sola vez y ha dado la vuelta a la mesa para ver el juego de su compañero.

—¿No se ha alejado?

—No sabría decírselo. Es posible que lo hiciera.

—Todo esto es muy vago —refunfuñó.

—Lo siento.

De nuevo, el superintendente actuó como un prestidigitador y sacó el largo y delgado estilete.

—¿Quiere usted mirarlo, Mrs. Lorrimer?

La mujer lo cogió sin inmutarse.

—¿Lo había visto alguna vez?

—Nunca.

—Sin embargo, estaba sobre la mesa del salón.

—No me he fijado.

—Se dará cuenta de que, con un arma como esta, una mujer podría llevar a cabo el asesinato tan fácilmente como un hombre.

—Supongo que sí —dijo ella bajando la voz.

Se inclinó para devolverle a Battle el delicado objeto.

—Pero, aun así —agregó el policía—, la mujer debía estar en un verdadero callejón sin salida. Era un riesgo muy grande el que ha corrido.

Aguardó un minuto, pero Mrs. Lorrimer no replicó.

—¿Sabe usted algo acerca de las relaciones que había entre los otros tres y Mr. Shaitana?

Ella negó con la cabeza.

—Nada absolutamente.

—¿Tendría inconveniente en darme su opinión sobre cuál de ellos podría ser el culpable?

La mujer se enderezó.

—Me parece muy inconveniente hacer algo así. Además, considero que es una pregunta muy atrevida.

El superintendente parecía un chiquillo avergonzado a quien su abuela acaba de reprender.

—¿Quiere darme su dirección, por favor? —murmuró mientras cogía su libreta.

—111, Cheyne Lane, en Chelsea.

—¿El número de teléfono?

—Chelsea, 45632.

Mrs. Lorrimer se levantó.

—¿Quiere hacer alguna pregunta, monsieur Poirot? —preguntó Battle precipitadamente.

La mujer se detuvo, inclinando ligeramente la cabeza.

—¿Sería apropiado preguntarle, madame, su opinión sobre sus compañeros, no como asesinos en potencia, sino como jugadores de *bridge*?

Mrs. Lorrimer contestó con frialdad.

—No me opongo a contestar a eso, si es que tiene algo que ver con el asunto que nos ocupa, cosa que no veo muy clara.

—Deje que sea yo quien juzgue ese aspecto. Usted conteste, por favor, madame.

Con el tono de un adulto que trata de complacer a un niño cargante, Mrs. Lorrimer replicó:

—El comandante Despard es un jugador muy bueno. El doctor Roberts fuerza mucho el juego, pero lo desarrolla brillantemente. Miss Meredith es una jugadora muy concienzuda, aunque demasiado prudente. ¿Algo más?

Poirot sacó cuatro hojas arrugadas donde figuraban los tanteos obtenidos.

—¿Alguna de estas hojas es la suya, madame?

Ella las examinó.

—Estos son mis números. Es el tanteo del tercer *rubber*.

—¿Y esta?

—Debe de ser del comandante. Va tachando a medida que anota el tanteo.

—¿Y esta hoja?

—De miss Meredith. Son del primer *rubber*.

—Entonces, ¿esta que no se ha completado es la del doctor Roberts?

—Sí.

—Muchas gracias, madame. Creo que es todo.

La mujer se volvió hacia Mrs. Oliver.

—Buenas noches, Mrs. Oliver. Buenas noches, coronel Race.

Después, una vez que hubo estrechado la mano de los cuatro, salió de la habitación.

Capítulo 6
¿El tercer asesino?

—No he podido conseguir que se alterara —comentó Battle—. Además, hasta me ha sorprendido. Está chapada a la antigua, es muy considerada con los demás, ¡pero es tan arrogante como el propio diablo! No puedo creer que ella lo hiciera, aunque ¡quién sabe! Se muestra muy resuelta. ¿Qué es lo que pretende con esas hojas de tanteo, Poirot?

El detective las extendió encima de la mesa.

—Aclaran mucho las cosas, ¿no cree? En este caso, ¿qué es lo que necesitamos? Conocer el carácter de una persona, y no solo de una, sino de cuatro. Aquí es donde podremos encontrarlo reflejado con más seguridad, en estos números. Esta hoja corresponde al primer *rubber*. Un juego bastante insípido, se ha acabado pronto. Los números son pequeños y bien hechos, las sumas y las restas, realizadas con cuidado, son las de miss Meredith. Jugaba con Mrs. Lorrimer. Tenían buenas cartas y han ganado.

»En esta que sigue no es tan fácil reconstruir las incidencias del juego, puesto que el tanteo se ha ido tachando. Pero algo nos dice, tal vez, sobre Despard, un hombre a quien le gusta saber de una ojeada, en un momento dado, la situación en que se encuentra. Los números son pequeños y tienen mucho carácter.

»La hoja siguiente es la de Mrs. Lorrimer: ella y Roberts contra los otros dos. Ha sido un combate homérico. Hay números en ambos lados. Por parte de Roberts se aprecia una notable tendencia a sobrepujar, por lo que han perdido algunas bazas, si bien, como los dos son jugadores de primera fila, no han fallado muchas. Si los faroles del doctor impulsaban a los otros a jugar fuerte, tenían ocasión de atraparlos doblando. Vean, estas cifras corresponden a bazas y doblados. Una escritura característica: airosa, legible y firme.

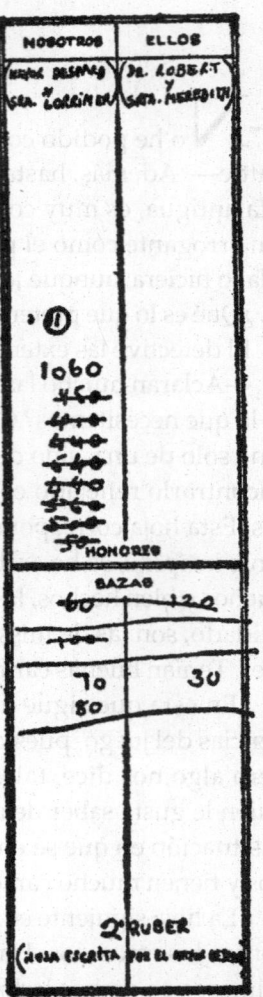

NOSOTROS (DR. ROBERTS y SRA. LORRIMER)	**ELLOS** (MAYOR DESPARD y SRA. MEREDITH)
500
1500	200
100	100
100	200
370	100
500	100
270	50
270	50
30	HONORES 50
	BAZAS
	30
	120
100
280
3510	1000
	(25)

3er RUBBER
(HOJA ESCRITA POR LA SRA. LORRIMER)

NOSOTROS (DR. ROBERTS y SRA. MEREDITH)	**ELLOS** (MAYOR DESPARD y SRA. LORRIMER)
50
100
100
50	100
200	50
50	100
60 HONORES	50
BAZAS
30	70

4° RUBBER
(SIN TERMINAR)
(HOJA ESCRITA POR EL DR. ROBERTS)

»Aquí tenemos la última hoja, la correspondiente al *rubber* sin terminar. Como ven, hemos recogido una hoja escrita por cada uno de los jugadores. En esta, los números son bastante extravagantes. Los tanteos no han llegado a la altura del *rubber* precedente. Ello se ha debido, con seguridad, a que el doctor jugaba con miss Meredith y esta es una jugadora bastante tímida. Si hubiera lanzado más faroles, corría el riesgo de que ella jugara con más timidez todavía.

»Tal vez creerán ustedes —terminó Poirot— que las preguntas que hago son tonterías. Pero no lo son. Necesito conocer el carácter de los cuatro jugadores y, cuando ven que solamente les pregunto sobre el juego, todos están dispuestos a contarme lo que saben.

—Nunca he creído que sus preguntas fueran disparatadas, monsieur Poirot —dijo Battle—. Ya he tenido ocasión de ver cómo trabaja. Cada cual tiene sus métodos, lo sé. Tengo por costumbre que mis inspectores gocen de libertad absoluta en este aspecto. De esa forma, cada uno de ellos tiene ocasión de saber qué método cuadra mejor con sus aptitudes. Pero sería preferible que dejáramos esto para otra ocasión. Haremos que pase la muchacha.

Anne Meredith parecía bastante trastornada. Se detuvo en el umbral de la puerta, respirando con dificultad.

Los instintos paternales de Battle se pusieron de manifiesto en el acto. Se levantó y dispuso una silla para la joven.

—Tome asiento, miss Meredith, por favor. Vamos, no se alarme. Ya sé que todo esto parece algo terrible, pero en realidad no lo es tanto.

—No creo que haya algo peor —dijo ella con un hilo de voz—. Es tan horroroso..., tan horroroso pensar que uno de nosotros..., que uno de nosotros...

—Déjeme que sea yo quien haga estas reflexiones —señaló Battle con amabilidad—. Bien, miss Meredith, ¿qué le parece si antes que nada nos da su dirección?

—Wendon Cottage, en Wallingford.

—¿No vive en Londres?

—Me he instalado en mi club durante un par de días.

—¿Cuál es su club?

—El Naval y Militar.

—¿Conocía bien a Mr. Shaitana?

—No muy bien. Siempre he creído que era un hombre temible.

—¿Por qué?

—¡Porque lo era! ¡Tenía una sonrisa espantosa! Y aquella forma de inclinarse sobre una como si fuera a comérsela.

—¿Hacía mucho que lo conocía?

—Cerca de nueve meses. Me lo presentaron en Suiza, mientras practicaba deportes de invierno.

—Nunca hubiera creído que le gustaran esos deportes —manifestó Battle, sorprendido.

—Solo patinaba. Era un patinador estupendo. Hacía muchas figuras y filigranas.

—Sí, eso cuadra mejor con su carácter. ¿Le vio después muchas más veces?

—Bastantes. Me invitó a varias reuniones y fiestas, todas ellas un tanto extravagantes.

—¿A usted no le gustaba?

—No, lo consideraba un hombre escalofriante.

—¿Tenía alguna razón especial para temerlo?

—¿Una razón especial? ¡Oh, no!

—Está bien. ¿Se ha levantado usted de la mesa en alguna ocasión?

—No lo creo. Oh, sí, una vez. He dado la vuelta a la mesa para ver el juego de mi compañero.

—¿No se ha alejado de la mesa en toda la velada?

—No.

—¿Está usted segura, miss Meredith?

Las mejillas de la muchacha enrojecieron de pronto.

—No, no. Creo que he dado una vuelta por la habitación.

—Bien. Perdone, miss Meredith, trate de contarnos la verdad. Ya sé que está nerviosa, y cuando uno se encuentra así es capaz de..., bueno, de contar lo sucedido como intentaba usted hacerlo. Pero eso no da ningún resultado. Quedamos, pues, en que he dado una vuelta por la habitación. ¿Se ha dirigido hacia donde estaba Mr. Shaitana?

—La verdad es que no lo recuerdo —contestó después de una breve pausa.

—Está bien, consideremos que ha podido hacerlo. ¿Sabe usted algo de los otros tres?

Anne negó con la cabeza.

—Nunca los había visto.

—¿Qué opinión le merecen? ¿Le parece que alguno de ellos podría ser el asesino?

—No lo puedo creer. No puedo. El comandante Despard no ha podido ser y no creo que fuera el médico. Al fin y al cabo, un médico puede matar a cualquiera de una manera mucho más sencilla: con una droga o algo parecido.

—Entonces, de ser alguno de ellos, ha debido de ser Mrs. Lorrimer, ¿verdad?

—Oh, no. Estoy segura de que ella no lo ha hecho. Es tan encantadora y tan amable cuando se juega al *bridge* con ella. Es una gran jugadora y, sin embargo, no hace que una se ponga nerviosa, ni la reprende por las equivocaciones que cometa.

—No obstante, ha dejado usted su nombre para el final.

—Ha sido solo porque apuñalar a una persona no me parece cosa de mujeres.

Battle volvió a repetir el juego de manos y Anne Meredith inició un movimiento de retroceso.

—¡Oh, qué horrible! ¿Debo cogerlo?

—Me gustaría que lo hiciera.

La observó mientras ella cogía el estilete con repugnancia. La cara de la joven se contrajo, demostrando la aversión que sentía.

—Con esto tan pequeño..., con esto...

—Atraviesa cualquier cosa como si fuera mantequilla

—comentó Battle en tono de satisfacción—. Hasta lo podría haber hecho un niño.

—¿Quiere usted decir..., quiere decir que...? —Lo miró con los ojos abiertos y llenos de terror—. ¿Que hasta yo misma he podido hacerlo? Pero yo no he sido. ¿Por qué tendría que haberlo hecho?

—Eso es precisamente lo que deseamos saber. ¿Cuál ha sido el motivo? ¿Por qué alguien quería matar a Shaitana? Era un tipo bastante pintoresco, pero, por lo que sé, no era peligroso.

Hubo una ligera interrupción en la respiración de la muchacha, una repentina elevación de todo su pecho.

—No era un chantajista, por ejemplo, ni nada parecido —prosiguió Battle—. De todas formas, miss Meredith, no parece ser usted el tipo de joven que esconde secretos inconfesables.

Por primera vez ella sonrió, tranquilizada por su afabilidad.

—No, desde luego, no los tengo. Ni de estos, ni de otra clase.

—Entonces no tiene usted por qué preocuparse. Tal vez tendremos que vernos de nuevo para hacerle unas cuantas preguntas, pero solo será algo rutinario.

Battle se levantó.

—Puede usted marcharse. El agente le llamará un taxi. Procure dormir y no se preocupe. Tómese un par de aspirinas.

La acompañó hasta la puerta y, cuando volvió, el coronel Race dijo con un tono divertido:

—¡Qué consumado embustero es usted, Battle! Ese aire paternal es insuperable.

—No podía perder el tiempo con ella. La pobre chica parecía estar mortalmente asustada y, en ese caso, obrar de otra forma hubiera sido una crueldad. No soy, ni nunca he sido, cruel. Claro que podría ser una actriz consumada, con lo que no habríamos adelantado un paso por más que la interrogáramos toda la noche.

Mrs. Oliver suspiró y se pasó la mano por el flequillo de manera que este se le descompuso, dando a su cara un aspecto alegre, como si se hubiera tomado una copa de anís.

—Sepa usted que estoy por creer que lo hizo ella. Suerte que esto no ocurre en una novela. La gente no quiere que la culpable sea una joven bonita. De todos modos, creo que ha sido ella. ¿Qué opina usted, Poirot?

—Acabo de hacer un descubrimiento.

—¿Otra vez en las hojas de tanteo?

—Sí. Miss Meredith ha dado la vuelta a la suya, ha trazado unas líneas y ha utilizado el dorso.

—¿Y eso qué significa?

—Significa que está acostumbrada a la estrechez o bien que tiene un gran sentido de la economía.

—Pues el vestido que llevaba es de los caros —observó Mrs. Oliver.

—Que pase Despard —ordenó el superintendente.

Capítulo 7
¿El cuarto asesino?

Despard entró en la habitación con paso rápido y elástico, un paso que le recordó a Poirot a alguien o algo.

—Siento mucho haberle hecho esperar todo este rato, comandante —se excusó Battle—. Pero quería que las señoras pudieran marcharse cuanto antes.

—No hace falta que se excuse. Lo comprendo.

Tomó asiento y miró inquisitivamente al policía.

—¿Conocía usted bien a Mr. Shaitana?

—Lo había visto en dos ocasiones.

—¿Solo en dos?

—Eso es.

—¿Cuáles fueron esas ocasiones?

—Hace un mes estuvimos comiendo en la misma casa. Entonces me invitó a un cóctel que daba una semana después.

—¿En este piso?

—Sí.

—¿Dónde se celebró? ¿En esta habitación o en el salón?

—En todas las habitaciones.

—¿Vio este pequeño objeto en algún sitio?

Battle sacó una vez más el estilete.

Los labios de Despard se curvaron ligeramente.

—No. No tomé nota de él para utilizarlo en otra ocasión.

—No hay necesidad de que se adelante a mis palabras.

—Le ruego que me perdone. La deducción era lógica.

Hubo un momento de silencio y luego Battle reanudó sus preguntas.

—¿Tenía usted algún motivo para aborrecer a Mr. Shaitana?

—Muchos.

—¿Eh? —El superintendente pareció sobresaltarse.

—Para aborrecerlo, no para matarlo. No tenía el menor deseo de matarlo, pero creo que me hubiera gustado darle un buen puntapié.

—¿Por qué quería darle un puntapié?

—Porque era uno de esos *dagos* que lo están pidiendo a gritos. Cada vez que lo veía sentía una comezón extraña en la punta del pie.

—¿Sabe usted algo de él? Que lo desacredite, quiero decir.

—Iba demasiado bien vestido, llevaba el pelo demasiado largo y olía a perfume.

—Sin embargo, aceptó su invitación para cenar.

—Si cenara solamente en las casas cuyo dueño es de mi completo agrado, me temo que no saldría demasiado de noche, superintendente —replicó Despard con sequedad.

—Le gusta a usted la vida en sociedad, pero no la aprueba, ¿verdad?

—Me gusta, pero por períodos cortos. Sí, me gusta salir de la selva para encontrar habitaciones iluminadas, mujeres vestidas con ropas encantadoras, comer bien, bailar y reír, aunque solo por poco tiempo. Luego, la hipocresía de todo eso me produce náuseas y quiero marcharme otra vez.

—Debe de ser una vida muy peligrosa la que lleva usted, recorriendo parajes tan apartados.

El joven se encogió de hombros y sonrió ligeramente.

—Mr. Shaitana no llevaba una vida peligrosa y, sin embargo, ha muerto, mientras yo estoy vivo.

—Puede que fuera más peligrosa de lo que usted cree —dijo Battle intencionadamente.

—¿Qué quiere decir?

—El difunto Mr. Shaitana era una especie de metomentodo.

Despard se inclinó hacia delante.

—¿Quiere dar a entender que se entrometía en la vida de los demás, que descubría...? ¿A qué se refiere exactamente?

—Quiero decir que, tal vez, era un hombre de los que gustan entrometerse en..., ejem..., ejem..., en la vida de las mujeres.

Despard se reclinó en la silla y se rio, indiferente.

—No creo que las mujeres se tomaran en serio a ese charlatán.

—¿Quién cree usted que lo ha matado?

—Pues no lo sé. Miss Meredith no ha sido, y no puedo imaginarme a Mrs. Lorrimer haciendo algo así, me recuerda a una de mis tías más temerosas de Dios. Queda, por lo tanto, el médico.

—¿Puede describirme lo que han hecho usted y sus compañeros durante la velada?

—Me he levantado dos veces. Una de ellas para coger un cenicero y atizar el fuego, y la otra para servirme una copa.

—¿Recuerda a qué hora ha sido eso?

—No puedo decírselo con precisión. La primera vez puede haber sido alrededor de las diez y media, y la segunda, a las once, pero son meras suposiciones. Mrs. Lorrimer ha ido en una ocasión hacia la chimenea y ha hablado con Shaitana. No sé si él le ha respondido, pues no prestaba mucha atención. No podría jurar si lo ha hecho o no. Miss Meredith ha dado una vuelta por la habitación, pero no creo que se acercara a la chimenea. Roberts se ha levantado en varias ocasiones, por lo menos tres o cuatro.

—Voy a preguntarle algo por cuenta de monsieur Poirot —dijo Battle, sonriendo—. ¿Qué opina usted de los otros tres como jugadores de *bridge*?

—Miss Meredith es una buena jugadora. Roberts carga la mano ignominiosamente y merecería perder más de lo que pierde. Mrs. Lorrimer es una jugadora estupenda.

—¿Algo más, monsieur Poirot?

El detective hizo un gesto negativo.

Despard facilitó su dirección, en el hotel Albany, deseó buenas noches a todos y salió de la habitación.

Cuando cerró la puerta, Poirot hizo un ligero movimiento.

—¿Qué ocurre? —preguntó Battle.

—Nada. Se me ha ocurrido que Despard camina como un tigre. Sí, eso es, elásticamente, con suavidad, como se mueve esa fiera.

—¡Hum! —refunfuñó Battle—. Bien. —Miró a sus tres compañeros—: ¿Cuál de ellos lo ha hecho?

Capítulo 8
¿Cuál de ellos?

Battle miró a la cara a cada uno de los presentes. Solo uno de ellos contestó la pregunta. Mrs. Oliver, siempre dispuesta a dar su parecer, empezó a hablar.

—La muchacha o el médico.

El superintendente miró inquisitivamente a los otros dos, pero estos no parecían dispuestos a pronunciarse. Race negó con la cabeza y Poirot alisó con cuidado las hojas de tanteo.

—Ha sido uno de ellos —comenzó Battle con aspecto pensativo—. Uno de ellos está mintiendo descaradamente. Pero ¿cuál? Este no es un asunto fácil. No, no es fácil. Si tenemos que fiarnos de lo que nos han dicho, el médico cree que Despard es el culpable. Despard cree que ha sido el médico. La joven piensa que ha sido Mrs. Lorrimer, pero esta no quiere decir nada. En resumen, no hay ningún indicio que aclare la cuestión.

—Tal vez no —dijo Poirot.

—¿Cree usted que hay algo en lo que nos han contado?

—Es el matiz de las declaraciones, nada más. Nada sobre lo que se puedan sacar conclusiones definitivas.

—Por lo visto ustedes dos, caballeros, no quieren decir lo que piensan de esto —opinó Battle.

—No hay pruebas —dijo Race brevemente.

—¡Hombres! —suspiró Mrs. Oliver como si despreciara tal reserva en la opinión.

—Examinaremos las posibilidades en términos generales —observó Battle.

Meditó un momento.

—Yo pondría al médico en primer lugar —dijo al fin—. Es un sospechoso bastante plausible. Sabe el punto exacto donde introducir un puñal. Pero, aparte de eso, no tenemos nada más contra él. Después está Despard, un hombre de nervios bien templados. Acostumbrado a tomar decisiones rápidas y a dejar su hogar para acometer empresas peligrosas. ¿Mrs. Lorrimer? También tiene buenos nervios y es del tipo de mujer que puede tener un secreto en su vida. Da la impresión de saber lo que son las desgracias. Por una parte, yo diría que es lo que podríamos llamar una mujer de principios, una mujer que podría ser la directora de un colegio de señoritas. Es difícil imaginársela apuñalando a una persona. Realmente, no creo que lo haya hecho ella. Por último, tenemos a la joven miss Meredith. No conocemos sus antecedentes. Parece una muchacha corriente, de aspecto atractivo, aunque algo tímida. Pero, como ya he dicho, no sabemos nada más acerca de ella.

—Sabemos que Shaitana estaba enterado de que cometió un asesinato —observó Poirot.

—La máscara angelical que oculta un demonio —musitó Mrs. Oliver—. ¿Nos conduce esto a alguna parte, Battle? —preguntó Race.

—¿Cree usted que son especulaciones sin ningún valor? En un caso como este, es natural que se hagan suposiciones.

—¿No sería mejor investigar todo lo que esté relacionado con esa gente?

Battle sonrió.

—No se preocupe, dedicaremos a ello todos nuestros esfuerzos. Creo que usted nos podría ayudar.

—Claro que sí. ¿Cómo?

—Respecto a Despard. Ha pasado mucho tiempo en el

extranjero. En Sudamérica, en el este y sur de África. Tiene usted medios para reunir información acerca de ese joven.

Race asintió.

—¡Oh! —exclamó Mrs. Oliver—. Tengo un plan. Somos cuatro, cuatro «sabuesos», como ha dicho usted, y ellos también son cuatro. ¿Qué pasaría si cada uno de nosotros se encargara de uno de ellos? ¡Sigamos nuestra inspiración! Race que se encargue del comandante Despard. Battle, de Roberts. Yo me ocuparé de Anne Meredith, y Poirot, de Mrs. Lorrimer. ¡Que cada uno de nosotros siga su propia pista!

—No podemos hacer eso, Mrs. Oliver —replicó Battle con un tono firme—. Debe entender que este es un asunto oficial y que yo estoy encargado del caso. Debo investigar todas las pistas. Me parece muy bien eso de seguir nuestra propia inspiración. Pero dos de nosotros pueden tener la misma. El coronel no ha dicho que sospechara de Despard y Poirot tal vez no apueste por Mrs. Lorrimer.

Mrs. Oliver exhaló un suspiro.

—¡Era un plan tan estupendo! —dijo con pesadumbre—. ¡Tan claro!

Luego cobró un poco más de ánimo y preguntó:

—Pero usted no tendrá inconveniente en que yo realice unas cuantas investigaciones por mi cuenta, ¿verdad?

—No. No puedo oponerme a eso. Después de haber asistido usted a esta reunión, está en libertad de hacer lo que su curiosidad o su interés le sugieran. Aunque debo advertirle, Mrs. Oliver, que sería aconsejable que tuviera cuidado.

—Seré la discreción en persona. No se me escapará ni una palabra.

—No creo que el superintendente se refiera a eso precisamente —observó Poirot—. Quiere decir que quizá trate usted con una persona que, según suponemos, ha cometido ya dos asesinatos. Una persona que, por lo tanto, no dudará en matar por tercera vez, si lo considera necesario.

Mrs. Oliver lo miró con aspecto pensativo. Luego sonrió con una sonrisa simpática parecida a la de un niño descarado.

—«Queda usted advertida» —citó—. Muchas gracias, monsieur Poirot. Tendré cuidado con lo que haga, pero no pienso abandonar este caso.

Poirot le hizo una ligera reverencia.

—Permítame que le diga que tiene usted un espíritu deportivo, madame.

—Supongo —dijo Mrs. Oliver irguiéndose y hablando con los ademanes que emplearía en una reunión de un comité feminista— que toda la información que consigamos se facilitará a los demás; es decir, que nadie se guardará para sí lo que sepa. Desde luego, podremos retener nuestras propias deducciones e impresiones.

El superintendente suspiró.

—Esto no es una apasionante novela de detectives, señora.

—Como es natural, todos los informes deben ser entregados a la policía —intervino Race.

Después de haber dicho esto, añadió con el tono que emplearía al dar una orden en la sala de banderas, mientras un ligero destello brillaba en sus ojos.

—Estoy seguro de que jugará limpio, Mrs. Oliver. El guante manchado, las huellas dactilares en el vaso de los cepillos de dientes, el fragmento de papel quemado, todo esto se lo entregará a Battle.

—Ríase usted, pero la intuición de una mujer... —asintió con vigor.

—Haré que investiguen todo lo referente a Despard —dijo Race—. Se necesitará un poco de tiempo. ¿Puedo hacer algo más?

—No lo creo. Muchas gracias. ¿No tiene usted alguna

sugerencia que hacer? Apreciaría cualquier cosa que me dijera sobre este aspecto.

—¡Hum! Bueno, yo prestaría una especial atención a los disparos, a los venenos y a los accidentes, aunque me parece que ya habrá pensado usted en ello.

—Sí, ya lo tengo presente.

—Muy bien, Battle. No necesita que yo le enseñe lo que debe hacer. Buenas noches, Mrs. Oliver. Buenas noches, monsieur Poirot.

Y con un gesto final a Battle, Race abandonó la habitación.

—¿Quién es? —preguntó Mrs. Oliver.

—Tiene una excelente hoja de servicios en el ejército —contestó Battle—. Y ha viajado mucho. Habrá pocos rincones del mundo que él no conozca.

—Del Servicio Secreto, supongo —opinó la mujer—. Ya sé que no puede usted decírmelo, pero si no fuera así, no le habrían invitado esta noche. Los cuatro asesinos y los cuatro «sabuesos»: Scotland Yard, servicios secretos, investigación privada y literatura policíaca. Una idea astuta.

—Está usted en un error, madame. Fue una idea estúpida. El tigre se ha alarmado y ha saltado.

—¿El tigre? ¿Qué tigre?

—Al decir el tigre, me refiero al asesino —explicó Poirot.

—¿Cuál es su opinión sobre la mejor línea de conducta a seguir, monsieur Poirot? —preguntó Battle con brusquedad—. Eso por una parte. También me gustaría saber qué piensa respecto a la psicología de esas cuatro personas. Tiene usted mucha práctica en esto.

Poirot, que seguía alisando las hojas de tanteo, replicó:

—Tiene usted razón, la psicología es muy importante. Sabemos qué clase de asesinato se ha cometido y la forma en que se ha llevado a cabo. Si tenemos una persona que, desde el punto de vista psicológico, no pudo cometer este tipo particular de asesinato, podemos descartarla de nuestros cálculos. Tenemos pocos antecedentes sobre esas cuatro personas. Hemos sacado nuestra propia impresión sobre ellas y conocemos la línea de conducta que ha elegido cada una. Sabemos algo sobre sus caracteres por lo que nos han dicho respecto a sus cualidades como jugadores y por lo que hemos deducido al estudiar su escritura en estas hojas de tanteo. Pero, por desgracia, no es fácil dar una opinión definida. Este crimen requería audacia y sangre fría, una persona que no dudara en correr un riesgo. Bien, tenemos a Roberts, un farolero, un hombre que confía por completo en sus facultades para salir airoso de cualquier riesgo. Su psicología encaja a la perfección con este asesinato. Puede decirse entonces que eso elimina automáticamente a miss Meredith. Es tímida, se asusta al forzar la mano, es cuidadosa, económica, prudente y carece de seguridad en sí misma, la persona menos indicada para dar un golpe temerario y arriesgado. Pero una persona tímida puede matar si está asustada. Una persona nerviosa y asustada que llega a la desesperación puede revolverse como una rata acorralada. Si miss Meredith cometió un crimen en el pasado y creía que Mr. Shaitana estaba enterado de ello y dispuesto a entregarla a la justicia, pudo enloquecer de terror y decidir hacer cualquier cosa, sin ningún escrúpulo con tal de salvarse. Tendríamos, pues, el mismo resultado, aunque producido por una reacción diferente: nada de sangre fría ni atrevimiento, sino pánico desesperado.

»Consideremos después a Despard. Un hombre frío y de muchos recursos que no dudaría en arriesgarse si lo creyese absolutamente necesario. Pudo sopesar los pros y los contras y decidir que existía una posibilidad, aunque pequeña, a su favor. Es el tipo de hombre que prefiere la acción a la inactividad, que nunca desdeñará seguir un camino peligroso si cree que hay una oportunidad razonable de éxito. Tenemos finalmente a Mrs. Lorrimer. Una mujer de cierta edad, pero en plena posesión de sus facultades mentales.

Una persona serena, de cerebro matemático. Posiblemente tiene el mejor cerebro de los cuatro. Confieso que si Mrs. Lorrimer cometiera un crimen, yo no dudaría de que se tratara de un crimen premeditado. Puedo verla en mi imaginación planeando un asesinato, despacio y con toda clase de precauciones, asegurándose de que no hay ningún fallo en su proyecto. Por dicho motivo, ella me parece menos sospechosa que los demás. Sin embargo, tiene una personalidad dominadora y cualquier cosa que emprenda la llevará a cabo sin una imperfección. Es una mujer eficiente en extremo, sin duda.

Hizo una pausa.

—Como ya ven ustedes, esto no sirve de gran ayuda. No, solo hay un camino que seguir en este crimen. Debemos volver al pasado.

—Usted lo ha dicho —convino el policía.

—Shaitana creía que cada uno de ellos había cometido un crimen. ¿Tenía pruebas? ¿O eran suposiciones? No podemos decirlo. Me parece difícil que pudiera tener pruebas fehacientes de cuatro casos.

—Estoy de acuerdo —dijo Battle—. Sería demasiada coincidencia.

—Supongo que ocurriría así. Se mencionó un asesinato o cierta forma de asesinato y Shaitana sorprendió un gesto extraño en la cara de alguien. Era muy rápido interpretando las expresiones. Le divirtió hacer un experimento, sondear con mucho tiento en el transcurso de una conversación insustancial, vigilar cualquier sobresalto, cualquier silencio, cualquier deseo de cambiar de tema, no es difícil hacer algo así. Si se sospecha que existe un secreto, nada es tan fácil como confirmar los recelos que uno pueda tener. Cada vez que una palabra da en el blanco, se capta algo en ellos si se está esperando que ocurra.

—Sí, esa es la clase de juego que le hubiera gustado a nuestro difunto amigo —asintió Battle.

—Podemos conjeturar, por lo tanto, que ese fue el procedimiento utilizado en uno o más casos. Pudo encontrarse también con alguna prueba e investigar lo sucedido. Pero en un supuesto o en otro, dudo de que tuviera en su poder los suficientes datos concluyentes como para acudir a la policía.

—O pudo no haber sido de ese modo. Muy a menudo nos encontramos con asuntos que no parecen claros, sospechamos que ha existido juego sucio, pero no podemos probarlo. De todos modos, el procedimiento a seguir no ofrece dudas. Debemos investigar los antecedentes de esa gente y tomar nota de cuantas muertes puedan ser significativas respecto a ellos. Supongo que se daría cuenta, como ha hecho el coronel, de lo que Shaitana ha dicho mientras cenábamos.

—El espíritu malo —murmuró Mrs. Oliver.

—Se ha referido de pasada a los venenos, a los accidentes, a las oportunidades que puede tener un médico y a los disparos casuales. No me sorprendería que al pronunciar esas palabras firmara su propia sentencia de muerte.

—Ha hecho una pausa verdaderamente desagradable —comentó la escritora.

—Sí —dijo Poirot—, aquellas palabras han dado en el blanco, por lo menos, en una persona, que ha creído que Shaitana estaba enterado de mucho más de lo que sabía en realidad. Ha creído que esas palabras eran el principio del fin, que la reunión era una diversión organizada por Shaitana, la cual culminaría con un arresto por asesinato. Sí, como dice usted, ha firmado su sentencia de muerte cuando ha hostigado a sus invitados con dichas insinuaciones.

Hubo un momento de silencio.

—Este será un asunto muy complicado —suspiró Battle—. No podemos encontrar en un instante lo que nos interesa y debemos ser cuidadosos. Ninguno de los cuatro puede sospechar lo que estamos haciendo. Todas nuestras preguntas e investigaciones deben tener la apariencia de que están relacionadas con este asesinato en particular. No podemos dejar que sospechen que tenemos cierta idea sobre el motivo del crimen. Y lo malo del caso es que nos vemos obligados a investigar el pasado de cuatro posibles asesinos, en vez de uno solo.

—Nuestro amigo no era infalible. Quizá pudo estar equivocado —señaló Poirot.

—¿Respecto a los cuatro?

—No. Era demasiado inteligente para eso.

—Entonces pongamos solo el cincuenta por ciento.

—Ni siquiera eso. Yo diría que como mucho estaba equivocado respecto a uno de los cuatro.

—¿Un inocente y tres culpables? Sigue sin gustarme. Lo malo de esto es que, aunque lleguemos a saber la verdad, no nos servirá de nada. Aunque alguien tirase por la escalera a su tía en 1912, de poco nos servirá saberlo ahora.

—Sí, sí. De algo servirá. Usted lo sabe tan bien como yo.

Battle asintió lentamente.

—Ya sé a qué se refiere. Aparece la misma marca de fábrica.

—¿Quiere decir que la primera víctima fue apuñalada también con un estilete? —preguntó Mrs. Oliver intrigada.

—No tanto como eso —contestó Battle—, aunque no dudo de que será un crimen del mismo tipo. Los detalles podrán ser diferentes, pero su esencia será idéntica. Es extraño. Sin embargo, un criminal se delata siempre por ello.

—El hombre es un animal de costumbres —comentó Poirot.

—Pues las mujeres son capaces de cambiar constantemente. Yo misma no cometería dos veces seguidas el mismo crimen.

—¿No ha escrito nunca dos veces consecutivas el mismo argumento? —preguntó Battle.

—*El misterio del loto* —murmuró Poirot— y *La pista de la gota de cera*.

—Es usted muy listo, sí, verdaderamente listo. Porque, desde luego, la trama de esas dos novelas es la misma, aunque nadie se ha dado cuenta de ello. En una, se trata del robo de ciertos documentos durante una reunión del Gabinete y, en la otra, un asesinato ocurrido en el bungaló de un plantador de caucho, en Borneo.

—Pero el asunto esencial sobre el que giran ambas historias es el mismo —observó Poirot—, uno de sus trucos más esmerados. El plantador de caucho prepara su propio asesinato y el ministro organiza el robo de sus propios documentos. Aunque en el último instante aparece una tercera persona que convierte en realidad lo que iba a ser ficción.

—Me gustó mucho su última novela, Mrs. Oliver —dijo el superintendente con amabilidad—. Aquella en que todos los comisarios de policía caen heridos simultáneamente por los disparos de los otros. Se equivocó usted solo una o dos veces en ciertos detalles de carácter oficial. Ya sé que cuida usted mucho hasta los más mínimos detalles y por eso me pregunto si...

—Pues resulta que me importa un comino la exactitud. ¿Quién es exacto en nuestros días? Nadie. Si un periodista escribe que una preciosa muchacha de veintidós años ha muerto porque abrió la llave del gas después de contemplar el mar desde la ventana y de darle un beso de despedida a su setter favorito, llamado Bob, ¿cree usted que alguien organizará un alboroto porque la muchacha no tuviera en realidad veintidós años, la habitación no tuviera vistas al mar y el perro fuese un terrier que se llamase Bonnie? Si un periodista puede hacer eso, no veo ningún problema en que yo confunda la graduación de los policías y diga revólver cuando se trata de una pistola automática, y dictáfono cuando quería decir fonógrafo, y utilice un veneno que permita a la víctima decir tan solo una frase antes de morir y nada más. ¡Lo que realmente importa es que haya muchos cadáveres! Si en un momento dado decae la acción, un poco de sangre vuelve a reanimarla. Sucede en todos mis libros, si bien bajo diferentes aspectos, como es natural. A la gente le gustan los venenos que no dejan huella, los inspectores de policía tontos y las chicas atadas y amordazadas en un sótano que va llenándose lentamente de gas o de agua, aunque esta última es una forma bastante complicada de matar a la gente. Y finalmente, un héroe que, sin ayuda de nadie, vence a todos los malvados, ya sean tres o siete. Llevo escritos treinta y dos libros y, desde luego, todos son iguales, como parece haber comprendido monsieur Poirot. Pero nadie más se ha dado cuenta de ello. Solo me pesa una cosa: haber hecho que mi detective sea finlandés. Porque, en realidad, no sé nada de Finlandia y estoy recibiendo cartas constantemente desde allí, señalándome algunas cosas que mi héroe no pudo decir o hacer por ser imposibles. Parece ser que en Finlandia se leen muchas novelas policíacas. Supongo que será debido a que los inviernos son muy largos y la luz del día dura poco. En Bulgaria y Rumanía, por el contrario, por lo que se ve, no leen nada. Debería haber hecho que mi detective fuera búlgaro.

La mujer calló para tomar aliento y después añadió:

—Lo siento mucho. Estoy hablando de mis asuntos y aquí se ha cometido un asesinato real. ¡Qué estupendo sería si ninguno de ellos lo hubiera hecho! Si los hubiese invitado a todos y, luego, calladamente, se hubiera suicidado solo por la diversión de organizar un buen jaleo.

Poirot movió la cabeza con gesto de aprobación.

—Una solución admirable, tan clara, tan irónica. Por desgracia, Shaitana no era un hombre de esa clase. Tenía muchas ganas de vivir.

—No creo que fuera muy escrupuloso —comentó Mrs. Oliver.

—No, no lo era —respondió Poirot—. Pero estaba vivo y ahora ha muerto. Como le dije en cierta ocasión, tengo un concepto *bourgeois* del asesinato. Lo condeno por completo. Por lo tanto, estoy dispuesto a entrar en la jaula del tigre.

Capítulo 9
El doctor Roberts

—Buenos días, superintendente Battle.

El doctor Roberts se levantó del sillón y le alargó una mano grande y sonrosada que olía a una mezcla de jabón y ácido fénico.

—¿Cómo van las cosas? —preguntó.

Battle echó una ojeada a la confortable sala de consulta antes de contestar.

—Pues verá, hablando con propiedad, no van, están paralizadas.

—Los periódicos no se han ocupado mucho del caso. Me alegro de que haya sido así.

—Sí, solamente cuentan aquello de: «Fallece repentinamente el conocido Mr. Shaitana en una reunión en su propio domicilio». Lo hemos dejado así de momento. Se ha hecho la autopsia y he traído el informe, por si pudiera interesarle.

—Ha sido usted muy amable, me interesa. Hum..., hum... Sí, muy interesante.

Le devolvió el papel.

—Nos hemos entrevistado con el abogado de Shaitana para enterarnos de las disposiciones de su testamento. No hay nada de particular. Por lo visto, tiene unos parientes en Siria. Después, como es lógico, hemos investigado todos sus documentos privados.

Aquella cara ancha y bien afeitada pareció estirarse un poco al endurecerse sus rasgos.

—¿Qué han encontrado? —preguntó el médico.

—Nada —replicó Battle sin quitarle el ojo de encima.

No hubo ningún suspiro de alivio, nada tan perceptible. Pero toda la persona de Roberts pareció descansar más confortablemente en el sillón.

—Por lo tanto, acude usted a mí.

—Ni más ni menos.

Las cejas del médico se levantaron ligeramente y sus astutos ojos se fijaron en los de Battle.

—Quiere dar un vistazo a mi documentación privada, ¿no es eso?

—Esa es mi idea.

—¿Trae una orden de registro?

—No.

—Bueno, de todas formas, puede usted procurarse una fácilmente. No quiero tener dificultades. No es muy agradable ser sospechoso de asesinato, pero supongo que no puedo echarle la culpa a usted por hacer lo que indiscutiblemente es su deber.

—Muchas gracias, doctor —replicó el policía, agradecido—. Aprecio muchísimo su actitud y espero que los demás sean tan razonables como usted.

—Lo que no puede curarse debe sufrirse —dijo el médico con jovialidad—. He acabado con las consultas y estaba a punto de salir para empezar las visitas. Le dejaré las llaves y avisaré a mi secretaria. Puede usted revolver cuanto le plazca.

—Es usted muy amable. Pero, antes de que se vaya, quisiera hacerle algunas preguntas.

—¿Sobre lo de la otra noche? Creo que ya se lo conté todo.

—No, referente a usted mismo.

—Muy bien, pregunte. ¿Qué desea saber?

—Solo un ligero bosquejo de su vida. Dónde nació, cuándo se casó y detalles por el estilo.

—Eso servirá para que me mencionen en el *Quién es*

quién —dijo el médico con sequedad—. Mi carrera es un ejemplo de rectitud. Nací en Ludlow, en Shropshire. Mi padre practicaba la medicina allí. Murió cuando yo tenía quince años. Me eduqué en Shrewsbury y estudié Medicina, como antes hizo mi padre. Pertenezco a la Facultad de San Cristóbal, aunque supongo que todos estos detalles relativos a mi profesión ya los tendrá.

—Sí, estoy informado, doctor. ¿Es usted hijo único o tiene hermanos?

—Hijo único. Mis padres murieron y yo estoy soltero. ¿Tiene esto algo que ver con lo que tratamos? Vine aquí y me asocié con el doctor Embery. Se retiró hace unos quince años y ahora vive en Irlanda. Le daré su dirección si lo desea. Vivo en esta casa con una cocinera, una doncella y una criada. Mi secretaria viene a diario. Tengo bastantes ingresos y únicamente mato a un número razonable de mis pacientes. ¿Qué le parece?

El superintendente hizo un gesto.

—Un bosquejo bastante amplio, doctor. Me alegro de que no haya perdido el sentido del humor. Ahora voy a preguntarle sobre otro asunto.

—Mi ética profesional es muy rigurosa.

—No quería referirme a eso, no. Quería preguntarle si puede usted darme los nombres de cuatro amigos que lo conozcan íntimamente desde hace tiempo. Una especie de referencia, como comprenderá.

—Sí, ya sé. Déjeme pensar. ¿Prefiere usted gente que viva en Londres?

—Eso facilitará las cosas, pero no importa que vivan en otros lugares.

El médico recapacitó durante unos momentos y luego escribió cuatro nombres y direcciones en una hoja que entregó a Battle.

—¿Valdrán estos? Son los mejores en que he podido pensar ahora mismo.

El superintendente leyó con atención la lista, hizo un gesto de satisfacción y se guardó el papel en el bolsillo.

—Como se habrá dado cuenta, esto es solo cuestión de ir eliminando sospechosos. Cuanto más pronto consiga eliminar a uno de ellos como tal y empezar a investigar al siguiente, mucho mejor para todos los interesados. Ahora tengo que asegurarme definitivamente de que usted no estaba enemistado con Mr. Shaitana, que no tenía relaciones ni negocios privados con él y que, con anterioridad, no le ocasionó ningún perjuicio por el cual pudiera usted guardarle rencor. Le creo cuando me dice que solo lo conocía ligeramente, pero no se trata de que yo le crea o no. Tengo que estar del todo seguro.

—Lo comprendo perfectamente. Tiene usted que pensar que todos son unos mentirosos hasta que cada cual pruebe que está diciendo la verdad. Aquí tiene las llaves, superintendente. Estas son de los cajones de la mesa; estas, del archivador, y esta pequeña es la del armario donde guardo los venenos. Asegúrese de cerrarlo bien. Quizá sea preferible que avise a mi secretaria.

Apretó un botón que había sobre la mesa. Una joven de aspecto eficiente entró en el despacho.

—¿Me ha llamado usted, doctor?

—Esta es miss Burguess. El superintendente Battle, de Scotland Yard.

Miss Burguess dirigió una fría mirada al policía. Pareció decir: «¡Dios mío! ¿Qué clase de bicho es este?».

—Le agradeceré, miss Burguess, que conteste a cualquier pregunta que le haga el superintendente y le ayude en lo que necesite.

—Como usted ordene, doctor.

—Bueno —dijo Roberts levantándose—. Me marcho. ¿Ha puesto la morfina en el maletín? La necesitaré en el caso Lockaert.

Continuó hablando mientras salía de la habitación y miss Burguess lo siguió.

Al cabo de un rato, la joven volvió a entrar y dijo:

—Cuando me necesite, apriete este botón.

Battle le dio las gracias y le aseguró que así lo haría. Luego se puso a trabajar.

Su búsqueda fue cuidadosa y metódica, aunque no esperaba encontrar nada importante. La rápida aquiescencia de Roberts daba razones para creerlo así. El médico no era tonto y podía haber previsto aquel registro y tomar las medidas oportunas. Existía, sin embargo, la ligera esperanza de que pudiera dar con un indicio de la información que realmente buscaba, puesto que Roberts no conocía el objetivo verdadero de su minucioso registro.

Abrió y cerró cajones, escudriñó casilleros, repasó el talonario de cheques, contó por encima el importe de las facturas pendientes de pago y anotó sus conceptos. Revisó el pasaporte de Roberts, revolvió sus historiales clínicos y no dejó documento escrito sin revisar. El resultado fue pobre en extremo. Después echó una ojeada al armario de los venenos, tomó nota de las firmas que los vendían al médico y del sistema que este seguía para controlarlo. Cerró el armario y dedicó su atención al archivador. El contenido de este último era de una naturaleza más personal, pero Battle no encontró nada relacionado con lo que buscaba.

Negó con la cabeza, tomó asiento en el sillón de Roberts y apretó el botón de la mesa.

Miss Burguess apareció con encomiable rapidez.

Battle le rogó cortésmente que se sentara y, en cuanto la muchacha lo hizo, la contempló durante un instante antes de decidir la forma en que la abordaría. Se había dado cuenta enseguida de su hostilidad y no sabía si provocarla para que hablara irreflexivamente, incrementando dicha hostilidad, o utilizar un método de aproximación más suave.

—Supongo que estará enterada de la causa de todo esto, miss Burguess.

—Me lo ha dicho el doctor —afirmó ella.

—Todo esto es algo delicado.

—¿De veras?

—Sí, algo desagradable. Cuatro personas son sospechosas y una de ellas tuvo que cometer el crimen. Necesito saber si vio usted en alguna ocasión a Mr. Shaitana.

—Nunca.

—¿No oyó hablar de él a Mr. Roberts?

—Tampoco. No, espere. Estoy equivocada. Hará una semana, el doctor me dijo que anotara una cita para cenar en su agenda. Mr. Shaitana, a las ocho y cuarto del día 18.

—¿Fue la primera vez que oyó hablar de Mr. Shaitana?

—Sí.

—¿Nunca vio su nombre en los periódicos? A menudo aparecía en las «Notas de sociedad».

—Tengo muchas otras cosas mejores que hacer que perder el tiempo leyendo las «Notas de sociedad».

—No lo dudo, no lo dudo. Bueno, eso es lo que hay. Cada una de esas cuatro personas admite que solo conocía a Shaitana muy superficialmente. Pero una de ellas lo conocía lo bastante como para matarlo. Y mi trabajo consiste en desenmascararla.

Se produjo una pausa. La secretaria no parecía tener ningún interés en cómo el superintendente debía llevar a cabo su trabajo. El suyo se reducía a obedecer las órdenes de su jefe, escuchar lo que el policía tuviera que decirle y contestar cuantas preguntas le hiciera directamente.

—Compréndame usted, miss Burguess. —El superintendente se dio cuenta de que era una empresa ardua, pero perseveró—. Dudo de que llegue a hacerse cargo ni de la mitad de las dificultades que encontramos en nuestro trabajo. Por ejemplo, la gente dice cosas. Pues bien, no podemos creer ni una palabra, pero debemos tomar nota de ello, y aún más en un caso como el que nos ocupa. No quiero hablar mal de su sexo, aunque no hay duda de que una mujer, cuando se ve en un apuro, no tiene reparos en decir lo que sea. Hace acusaciones infundadas, insinúa esto, aquello y lo de más allá, y saca a relucir toda clase de viejos escándalos que, probablemente, no tengan nada que ver con el caso.

—¿Quiere usted dar a entender que una de esas personas ha estado hablando mal del doctor?

—No ha hablado mal precisamente —respondió Battle con precaución—. Pero, de todas formas, estoy dispuesto a enterarme de lo que sea. Como, por ejemplo, circunstancias sospechosas en la muerte de un paciente. Seguramente serán tonterías. Siento tener que molestar al doctor con todo esto.

—Supongo que alguien se habrá hecho eco de esa historia sobre Mrs. Graves —replicó la joven, furiosa—. Es una vergüenza cómo la gente habla de asuntos de los que no sabe nada. Muchas señoras ancianas se vuelven así, creen que todos tratan de envenenarlas: sus parientes, los criados y hasta su propio médico. Mrs. Graves tuvo tres médicos antes de llamar al doctor Roberts y luego, cuando le cogió la misma manía, mi jefe le recomendó al doctor Lee. Según dijo, es lo único que se puede hacer en estos casos. Después del doctor Lee, llamó al doctor Steele y luego al doctor Farmes, hasta que la pobre murió.

—Se sorprendería usted si supiera de qué forma las cosas más insignificantes dan pie a un rumor. Siempre que un médico sale beneficiado por la muerte de un paciente, alguien tiene que difundir alguna calumnia sobre él. Sin embargo, ¿por qué no puede un paciente agradecido dejar un recuerdo pequeño o grande a la persona que lo atendió en su enfermedad?

—Son los parientes. Siempre he creído que no hay nada mejor que la muerte para sacar a relucir toda la bajeza de la naturaleza humana. Antes de que el cadáver se enfríe, ya disputan sobre quién se llevará lo mejor. Afortunadamente, el doctor no se ha visto mezclado en ningún caso de estos. Dice siempre que espera que sus pacientes no le dejen nada. Creo que una vez heredó cincuenta libras con las que se compró dos bastones y un reloj de oro. Pero, aparte de eso, no ha recibido nada más.

—Es dura la vida de un facultativo. Está expuesto siempre al chantaje. Los hechos más inocentes dan lugar con frecuencia a suposiciones escandalosas. Un médico debe evitar hasta la sensación de maldad, lo cual quiere decir que tiene que vigilar con sus cinco sentidos todo lo que hace.

—Tiene usted mucha razón. Una de las preocupaciones de los médicos son las mujeres histéricas.

—Las mujeres histéricas. Eso es. Para mí, a eso se reduce todo.

—Supongo que se referirá a lo ocurrido con Mrs. Craddock...

Battle hizo como si recapacitara.

—Déjeme que recuerde. ¿Fue hace unos tres años? No, más.

—Cuatro o cinco, me parece. ¡Esa mujer estaba chiflada por completo! Me alegré mucho cuando se fue al extranjero, y creo que el doctor también. Le contó a su marido una sarta de mentiras... Siempre hacen lo mismo. El pobre hombre enfermó. Como usted ya sabe, murió de un ántrax producido por una brocha de afeitar infectada.

—Me había olvidado de ese detalle —mintió Battle con tranquilidad.

—Luego ella se marchó al extranjero y murió poco después. Una mujer muy desagradable; se volvía loca por los hombres.

—Sí, conozco a ese tipo de mujeres. Son peligrosas. Un médico debe alejarse de ellas todo lo posible. ¿Dónde murió? Creo que no lo recuerdo.

—En Egipto. Contrajo una enfermedad de la sangre, una infección indígena.

—Otra cosa que puede ser un inconveniente para un médico —dijo Battle cambiando de tema— es cuando sospecha que uno de sus pacientes está siendo envenenado por uno de sus parientes. ¿Qué hacer? Tiene que asegurarse de ello o cerrar la boca y, si lo hace, luego puede verse metido en una situación desagradable si se habla de juego sucio. Me preguntaba si al doctor se le había presentado algún caso de esta índole.

—No creo que haya tenido ninguno. Nunca he oído hablar de nada parecido.

—Desde un punto de vista estadístico, sería interesante saber cuántas defunciones ocurren anualmente entre la clientela de un médico. Por ejemplo, usted ha trabajado con el doctor Roberts durante algunos años.

—Siete.

—Siete. Bien. ¿Cuántos de sus pacientes han fallecido en ese período de tiempo?

—Es difícil de decir.

Miss Burguess pareció concentrarse haciendo cálculos. Había desaparecido su hostilidad y no parecía que tuviera sospecha alguna.

—Siete, ocho... Desde luego, no lo recuerdo exactamente. Diría que no han ocurrido más de treinta en todo este tiempo.

—Entonces supongo que es mucho mejor que otros médicos —dijo Battle con jovialidad—. Supongo también que la mayoría de sus pacientes pertenecerán a la alta sociedad. Tienen medios para cuidarse bien.

—Es un médico muy conocido. Casi nunca se equivoca en sus diagnósticos.

Battle suspiró y se levantó.

—Me temo que me he desviado de mi deber, el cual me obliga a encontrar una relación entre el doctor y Mr. Shaitana. ¿Está usted segura de que no era uno de los pacientes de su jefe?

—Completamente segura.

—¿Tal vez bajo otro nombre? —Battle le entregó una foto—. ¿Lo reconoce?

—¡Qué hombre tan teatral! No, nunca lo había visto por aquí.

—Bueno, eso es todo. Le estoy muy agradecido al doctor por su amabilidad. ¿Se lo dirá? Dígale también que ahora me voy a ocupar del número dos. Adiós, miss Burguess, y muchas gracias por su ayuda.

Le estrechó la mano y se marchó. Mientras caminaba por la calle, sacó del bolsillo una agenda e hizo dos anotaciones en la letra R:

¿Mrs. Graves? No parece probable.
¿Mrs. Craddock? No ha heredado.
Está soltero (lástima).
Investigar la muerte de sus pacientes (difícil).

Cerró la libreta y entró en la sucursal de Lancaster Gate del London & Wessex Bank.

La presentación de su tarjeta oficial le permitió una entrevista privada con el director.

—Buenos días, señor. Tengo entendido que un tal doctor Geoffrey Roberts es cliente suyo.

—Así es, superintendente.

—Necesito consultar ciertos datos de la cuenta de ese caballero que abarcan un período de varios años.

—Veré lo que puedo hacer.

Siguió una larga media hora de consultas, al término de la cual Battle, dando un suspiro, se guardó una hoja de papel cubierta de números.

—¿Ha encontrado lo que quería? —preguntó el director con curiosidad.

—No, no lo he encontrado. Ni un indicio. Pero de todas formas, se lo agradezco mucho.

En aquel mismo momento, Roberts, que estaba lavándose las manos en su consulta, le preguntaba a miss Burguess:

—¿Qué ha pasado con nuestro sabueso? ¿Lo ha mirado todo y la ha vuelto a usted del revés?

—Le aseguro que de mí no ha conseguido nada.

—No tenía necesidad de ser una ostra. Le he dicho que le contara cuanto quisiera saber. Y a propósito, ¿de qué quería enterarse?

—Ha estado insistiendo en si conocía usted a Shaitana. Cree que pudo haber venido aquí como un paciente, bajo un nombre distinto. Me ha mostrado su fotografía. ¡Qué hombre más teatral!

—¿Shaitana? Sí, desde luego. Le gustaba mucho parecer un Mefistófeles moderno. Y hasta creyó que lo era en realidad. ¿Y qué más le ha preguntado Battle?

—En realidad, pocas cosas más. Excepto..., sí, alguien le ha estado contando algunas tonterías sobre Mrs. Graves.

—¿Graves? ¿Graves? ¡Oh, sí, la anciana Mrs. Graves! ¡Es divertido! —El médico rio con evidente satisfacción—. Sí, es divertidísimo.

Se fue a cenar de muy buen humor.

Capítulo 10
Más sobre el doctor Roberts

Battle comía con Poirot. El primero parecía alicaído y el detective daba la impresión de simpatizar con la depresión de que daba muestras su amigo.

—De modo que la mañana no ha sido fructífera —dijo Poirot.

Battle negó con la cabeza.

—Va a ser un trabajo arduo.

—¿Qué opinión se ha formado usted de él?

—¿Del médico? Pues, francamente, creo que Shaitana tenía razón. Es un asesino. Me recuerda a Westaway y al abogado Norfolk. Los mismos modales cordiales y confiados, la misma popularidad. Él también era un diablo muy listo, igual que Roberts. Pero, de todas formas, eso no quiere decir que matara a Shaitana, ni creo que lo hiciera. Conocía muy bien, mucho mejor que un profano, el riesgo de que Shaitana gritase. No, no creo que Roberts lo matara.

—Pero ¿cree que ha matado a alguien?

—Posiblemente a gran cantidad de personas. Westaway lo hizo. Pero va a ser difícil demostrarlo. He estado revisando su cuenta corriente y no hay nada sospechoso, ningún ingreso de importancia. De cualquier forma, en los últimos siete años no ha recibido ningún legado de sus pacientes. Eso elimina la posibilidad de un asesinato por un beneficio directo. Está soltero, lo cual es una lástima, pues resulta sencillísimo para un médico asesinar a su propia esposa. Goza de una buena posición económica y tiene una clientela muy fiel entre la gente acomodada.

—En resumen, al parecer lleva una vida intachable y tal vez sea así.

—Puede ser, pero prefiero creer lo contrario. Existe cierto indicio relacionado con un escándalo en el que se vio envuelta una mujer llamada Craddock, una de sus pacientes. Creo que valdrá la pena investigar ese asunto. Haré que se ocupen de ello enseguida. La mujer murió en Egipto a consecuencia de una enfermedad indígena, por lo que no creo que haya nada en esto, pero puede echar alguna luz sobre su carácter y su moralidad.

—¿Hubo un marido de por medio?

—Sí, murió de un ántrax.

—¿Ántrax?

—Sí. Por aquel tiempo salieron al mercado gran cantidad de brochas de afeitar y algunas de ellas estaban infectadas. Se organizó cierto revuelo sobre el caso.

—Muy oportuno.

—Eso creo yo. Si el marido amenazaba con armar escándalo... Sin embargo, todo es pura conjetura. No tenemos ningún punto en el que apoyarnos.

—Ánimo, amigo mío. Ya conozco su paciencia. Al final tendrá usted tantos en los que apoyarse que parecerá un ciempiés.

—Y me caeré en la zanja de tanto pensar en ellos —replicó Battle haciendo una mueca—. ¿Qué me dice de usted? ¿Nos va a echar una mano?

—Puedo visitar también a Roberts.

—Dos de nosotros en el mismo día. ¿No cree que eso despertará sus sospechas?

—No se preocupe, seré muy discreto. No investigaré su vida pasada.

—Me gustaría saber qué método empleará usted. Pero no me lo diga si no lo desea.

—*Du tout, du tout*. Con mucho gusto. Hablaré un poco sobre *bridge*, eso es todo.

—Otra vez el *bridge*. ¿Sigue usted aferrado a ese tema?

—Opino que es muy provechoso.

—Sobre gustos no hay nada escrito. Particularmente, no acostumbro a efectuar estos contactos tan sutiles. No cuadran con mi estilo.

—¿Cuál es su estilo, superintendente?

—Ser un policía íntegro, honrado, celoso, que cumple con su deber lo más diligentemente posible, ese es mi estilo. Nada de florituras. Sentido común y trabajo duro, ese es mi lema.

Poirot levantó su copa.

—Por nuestros métodos respectivos. Y que el éxito corone nuestros esfuerzos.

—Espero que Race nos proporcione algo que valga la pena sobre Despard —dijo Battle—. Dispone de buenas fuentes de información.

—¿Y Mrs. Oliver?

—Es una especie de cara o cruz. En cierto modo, esa mujer me gusta. Dice muchas tonterías, pero es una buena deportista. Una mujer puede enterarse de cosas de otras mujeres que los hombres no podrían llegar a saber. Puede facilitarnos algo provechoso.

Se separaron. Battle volvió a Scotland Yard para disponer que algunos de sus hombres se encargaran de investigar ciertos aspectos del caso.

Poirot se dirigió al 200 de Gloucester Terrace.

Roberts arqueó cómicamente las cejas cuando vio al visitante.

—Dos sabuesos en un solo día —comentó—. Supongo que esta noche me encontraré con unas esposas en las muñecas.

Poirot sonrió.

—Le aseguro que mis atenciones están repartidas equitativamente entre ustedes cuatro.

—Eso es algo que debo agradecer. ¿Fuma?

—Si me lo permite, prefiero fumar mis cigarrillos.

Poirot encendió uno de sus delgados pitillos rusos.

—¿En qué puedo servirle? —preguntó Roberts.

El detective fumó en silencio durante unos segundos y luego preguntó:

—¿Es usted un buen observador de la naturaleza humana, doctor?

—No lo sé. Supongo que debo de serlo. Un médico está obligado a ello.

—Eso era precisamente lo que pensaba. Me he dicho: «Un médico tiene que estar vigilando constantemente a sus pacientes: sus rasgos, su color, la rapidez con que respiran, cualquier signo de malestar... Un médico se da cuenta de estas cosas automáticamente, casi sin quererlo. El doctor Roberts es el hombre que puede ayudarme».

—No deseo nada más. ¿En qué puedo serle útil?

Poirot sacó de una pequeña cartera las hojas de tanteo de *bridge*, cuidadosamente dobladas.

—Corresponden a los tres primeros *rubbers* que se jugaron la otra noche —explicó—. Este es del primero de ellos, los números son de miss Meredith. Con esto a la vista, para refrescar la memoria, ¿puede usted decirme cómo se subastaron y de qué forma se jugaron las diferentes manos?

Roberts lo miró, estupefacto.

—Está usted bromeando. ¿Cómo puedo acordarme de eso?

—¿No puede? Le agradecería mucho que hiciera un esfuerzo. Considere este primer *rubber*. La primera mano tuvo que jugarse a una subasta de corazones o picas o, dicho de otro modo, uno u otro bando tuvo que perder una baza.

—Déjeme ver: esa fue la primera mano. Sí, creo que se jugaron picas.

—¿Y la siguiente?

—Supongo que alguno de nosotros perdería una baza, pero no recuerdo quién ni cómo fue. En realidad, no esperará que recuerde algo así.

—¿No recuerda alguna de las subastas o de las manos?

—Hice un gran *slam*, lo recuerdo perfectamente. Además, lo habían doblado. También recuerdo que fallé ignominiosamente jugando a tres sin triunfo. Creo que no hice casi ninguna baza. Pero eso sucedió después.

—¿Recuerda con quién estaba jugando?

—Con Mrs. Lorrimer. Pareció enfadarse un poco. Supongo que no le gustó mi manera de forzar el juego.

—¿No recuerda ninguna otra subasta o mano?

Roberts rio.

—Mi apreciado Poirot, ¿esperaba usted que me acordara? En primer lugar, ocurrió un crimen lo suficientemente importante como para hacer olvidar la más espectacular de las manos y, por añadidura, he jugado, por lo menos, una docena de *rubbers* desde entonces.

Poirot pareció algo desilusionado.

—Lo siento —dijo Roberts.

—No importa. Esperaba que se acordara al menos de una o dos manos, porque pensé que podría ser útil para recordar otras cosas.

—¿Qué otras cosas?

—Pudo darse cuenta, por ejemplo, de que su compañero se hacía un lío jugando un simple «sin triunfo», o que un contrario le regalaba un par de inesperadas bazas al dejar de jugar una carta sobre la que no había ninguna duda.

Roberts se puso repentinamente serio. Se inclinó hacia delante.

—¡Ah! Ya veo lo que se propone. Perdóneme, al principio he creído que decía tonterías. ¿Quiere usted dar a entender que el asesinato, la ejecución afortunada del crimen, pudo hacer cambiar considerablemente el juego del culpable?

—Ha calibrado usted la idea perfectamente. Habría sido una pista de primera que ustedes cuatro hubieran conocido a fondo la manera de jugar de los demás. Una variación, una repentina falta de atención, una oportunidad perdida, habrían sido rápidamente advertidas. Por desgracia, no se conocían unos a otros y cualquier cambio en el juego no podría haber sido notado. Pero piense, *monsieur le docteur*, le ruego que recapacite. ¿Recuerda alguna discontinuidad, quizá repentinas y notorias equivocaciones en el juego de cualquiera de sus compañeros?

Hubo un silencio que duró un minuto o dos y, al fin, el doctor Roberts meneó la cabeza.

—No puede ser. No puedo ayudarle. No me acuerdo. Todo lo que le puedo decir ya se lo he dicho antes. Mrs. Lorrimer es una jugadora extraordinaria y, según creo, no cometió ningún desliz. Jugó estupendamente desde el principio hasta el final. El juego de Despard fue también uniformemente bueno. Es un jugador un tanto convencional. Es decir, sus subastas son estrictamente convencionales. Nunca se sale de la regla ni corre ningún riesgo. Miss Meredith... —Se detuvo indeciso.

—¿Sí? ¿Miss Meredith?

—Se equivocó una o dos veces, según recuerdo, hacia el final de la velada, aunque pudo ser simplemente porque estaba cansada y es una jugadora poco experimentada. Le temblaba la mano.

—¿Cuándo fue eso?

—¿Cuándo fue? No recuerdo, creo que estaba nerviosa. Me está usted haciendo imaginar cosas.

—Excúseme. Este es otro punto sobre el cual necesito su ayuda.

—¿Sí?

—Es difícil. Como usted comprenderá, yo no deseo hacerle una pregunta directa. Si le dijera: «¿Se dio cuenta de esto o de aquello?», bueno, le pondría la idea en la cabeza y su respuesta no tendría tanto valor. Déjeme que trate de llegar a la cuestión por otro camino. ¿Tendría la amabilidad, doctor, de describirme el aspecto de la habitación donde estuvieron jugando?

El médico lo miró, incrédulo.

—¿El aspecto de la habitación?

—Si me hace el favor.

—Pero, mi querido amigo, no sé ni por dónde empezar.

—Empiece por donde le plazca.

—Bien, pues había muchos muebles.

—*Non, non, non*, sea más preciso, se lo ruego.

Roberts suspiró. Empezó a hablar alegremente, imitando el tono de un subastador.

—Un gran canapé tapizado de brocado color marfil, otro en verde, cuatro o cinco sillones. Ocho o nueve alfombras de Persia, un juego de doce sillas doradas estilo Imperio. Un buró, una vitrina china muy bonita, un piano de cola. Había otros muebles, pero me temo que no me fijé en ellos. Seis buenos grabados japoneses, dos cuadros chinos sobre espejos, seis o siete magníficas cajas de rapé, algunas figuritas de marfil japonesas. Sobre una mesa, algunos objetos de plata antigua, copas Carlos I, según creo, uno o dos esmaltes de Batersea...

—¡Bravo, bravo!

—Un par de aves de porcelana y, si mal no recuerdo, una figura de Ralph Wood. También había algunos bordados orientales, intrincados trabajos de plata y unas cuantas joyas, si bien yo no sé gran cosa sobre ellas. También recuerdo unos pájaros de Chelsea y algunas miniaturas en una caja. Bastante bonitas, por cierto. Esto no es, ni mucho menos, todo lo que había allí, pero de momento no recuerdo nada más.

—¡Es magnífico! —exclamó Poirot, valorando debidamente aquel alarde—. Usted, doctor, es un buen observador.

—¿He mencionado el objeto que tenía usted en mente?

—Ahí está precisamente lo interesante del caso. Si hubiera nombrado ese objeto, me habría sorprendido muchísimo. Pero, tal como me lo figuraba, no lo ha mencionado.

—¿Por qué?

—Tal vez no estuviera allí.

Roberts lo miró fijamente.

—Eso me recuerda algo.

—Le recuerda a Sherlock Holmes, ¿verdad? El curioso incidente del perro. El perro no ladró durante la noche. ¡He ahí lo curioso del caso! Bueno, no quiero utilizar los trucos de los demás.

—Sepa usted que estoy completamente a oscuras respecto a lo que se propone.

—Me parece estupendo. Si he de decirle la verdad, así es como consigo mis golpes de efecto.

Después, al ver que Roberts parecía seguir confundido, dijo sonriendo, mientras se levantaba con parsimonia:

—Por lo menos, comprenderá usted que lo que me ha contado me será de mucha utilidad en mi próxima entrevista.

El médico se levantó a su vez.

—No tengo ni idea de cómo, pero me fío de su palabra.

Poirot bajó los peldaños de la casa del doctor y detuvo un taxi libre que pasaba cerca.

—Al 111 de Cheyne Lane, en Chelsea —le ordenó al taxista.

Capítulo 11
Mrs. Lorrimer

El 111 de Cheyne Lane correspondía a una casa de aspecto limpio y ordenado, situada en una calle apacible. La puerta estaba pintada de negro, los peldaños que conducían a ella desde la acera mostraban un blanco impoluto y el bronce del llamador y del pomo relumbraba al sol de la tarde.

Una criada de bastante edad, vestida con una cofia y un delantal impecables, abrió la puerta. La mujer informó al detective de que la señora estaba en casa.

Le precedió por la estrecha escalera.

—¿A quién anuncio, señor?

—A monsieur Hércules Poirot.

El detective fue introducido en un salón con forma de ele. Miró a su alrededor para tomar nota de los detalles. Buenos muebles, bien barnizados, de estilo antiguo. Brillantes tapizados en los canapés y sillones. Había unos cuantos marcos de plata para fotografías, también de estilo antiguo. Además, había una agradable cantidad de espacio y luz, y algunos hermosos crisantemos arreglados en un jarrón de cuello alto.

Mrs. Lorrimer avanzó hacia él.

Le estrechó la mano sin demostrar ninguna sorpresa por su visita. Le indicó una silla, tomó asiento en otra e hizo una observación sobre el buen tiempo de que disfrutaban.

Luego hubo unos segundos de silencio.

—Espero, madame —dijo Poirot—, que me perdonará por esta visita.

—¿Es una visita profesional?

—¿Debo confesarlo?

—Supongo, monsieur Poirot, que se habrá dado cuenta de que, pese a estar dispuesta a facilitarle al superintendente Battle y a la policía cualquier informe y ayuda que puedan necesitar, no tengo ni la menor intención de hacer lo mismo con un investigador privado.

—Estoy seguro de ello, madame. Si me indica usted la puerta, saldré por ella sin rechistar.

Mrs. Lorrimer sonrió ligeramente.

—Todavía no estoy dispuesta a llegar a esos extremos. Le puedo conceder diez minutos, pasado este tiempo tengo que salir para acudir a una partida de *bridge*.

—Con diez minutos tengo de sobra para mis propósitos. Necesito que me describa, madame, la habitación donde asesinaron a Shaitana.

—¡Menuda pregunta! No veo para qué serviría hacerlo.

—Madame, si cuando está usted jugando alguien le pregunta por qué ha jugado el as o por qué jugó el *valet* al que gana la reina, en lugar del rey, con el que hubiera hecho la baza, si la gente le preguntara estas cosas, sus respuestas serían largas y aburridas, ¿no le parece?

Mrs. Lorrimer volvió a sonreír.

—Quiere decir con esto que en este juego usted es el experto y yo soy la novata. Muy bien —reflexionó un instante—. Era una habitación grande y en ella había una considerable cantidad de objetos.

—¿Puede describirme algunos de ellos?

—Unos cuantos floreros de cristal modernos, bastante bonitos. Unos cuadros chinos o japoneses. Un ramo de tulipanes rojos, muy primerizos para la estación en que estamos.

—¿Algo más?

—Me temo que no me fijé en ningún detalle.

—Los muebles. ¿Recuerda el color de la tapicería?

—Era de tela sedosa, según creo. Es todo lo que le puedo decir.

—¿Reparó usted en alguno de los objetos pequeños?

—Me parece que no. Había muchos. Recuerdo que me dio la impresión de ser el salón de un coleccionista.

Callaron durante un momento y Mrs. Lorrimer observó al fin:

—Creo que no le he proporcionado mucha ayuda.

—Hay algo más. —El detective sacó las hojas de tanteo de *bridge*—. Corresponden a los tres primeros *rubbers*. Quisiera saber si, a la vista de estos tanteos, podría usted ayudarme a reconstruir la forma en que se jugaron las manos.

—Déjeme ver —dijo la mujer, interesada. Se inclinó sobre las hojas—. Este fue el primer *rubber*. Miss Meredith y yo jugamos contra los dos caballeros. La primera mano se jugó con una subasta de cuatro picas. Ganamos e hicimos una baza más. La mano siguiente se jugó con una subasta de dos diamantes y el doctor Roberts falló una baza. Recuerdo que se pujó mucho en la tercera mano. Miss Meredith pasó. Despard cantó un corazón. Yo pasé. Roberts pujó hasta tres tréboles. Miss Meredith subastó tres picas y Despard cuatro diamantes. Yo doblé. Roberts se quedó finalmente con la subasta de cuatro corazones y falló una baza.

—*Épatant!* —exclamó Poirot—. ¡Qué memoria!

Mrs. Lorrimer prosiguió sin hacer caso de la interrupción:

—En la siguiente mano, Despard pasó y yo subasté un «sin triunfo». Roberts pujó a tres corazones. Mi compañera no dijo nada y Despard elevó la subasta a cuatro corazones. Yo doblé y ellos hicieron dos bazas de menos. Después fui yo mano y ganamos el *rubber* con una subasta de cuatro picas.

Cogió la siguiente hoja.

—Esta es más difícil —advirtió Poirot—, Despard acostumbra a tachar los tantos a medida que se juega.

—Me parece que ambos bandos fallamos una baza al empezar. Después, Roberts subastó cinco diamantes, nosotros doblamos e hizo tres bazas de menos. Luego ganamos una subasta de tres tréboles, pero inmediatamente después los otros ganaron la mano cantando picas. Ganamos nuestra primera mano en una subasta de cinco tréboles. Luego perdimos un par de bazas. Los otros jugaron un corazón y nosotros dos «sin triunfo». Ganamos el *rubber* con una subasta de cuatro tréboles.

La mujer tomó otra hoja.

—Recuerdo que este *rubber* fue muy reñido. Despard y miss Meredith ganaron una subasta de un corazón. Luego perdimos un par de bazas al tratar de cumplir dos subastas: una de cuatro corazones y otra de cuatro picas. Los otros ganaron la mano cantando picas, no pudimos hacer nada para evitarlo. Después de esto, fallamos varias bazas durante tres manos consecutivas, pero sin que nos doblaran. Ganamos nuestro primera mano con una declaración de «sin triunfo». Entonces empezó una verdadera batalla. Cada bando falló varias bazas. Roberts forzaba el juego, pero aunque falló de mala manera un par de veces, al final salió ganando porque en más de una ocasión miss Meredith se asustó a la hora de pujar en su turno. Luego, Roberts subastó un original dos picas. Yo declaré tres diamantes y él subió a cuatro «sin triunfo». Hice una declaración de cinco picas y, de pronto, Roberts subió a siete diamantes. Nos doblaron, desde luego. Mi compañero no tenía fundamento alguno para hacer tal declaración. Puede decirse que ganamos de milagro. Nunca creí que lo lográramos cuando mostró sus cartas. Si los otros llegan a salir de corazones, hubiéramos fallado tres bazas. Pero salieron del rey de trébol. Fue muy interesante.

—*Je crois bien*: un gran *slam* vulnerable, doblado. ¡Es emocionante! Pero yo, lo reconozco, no tengo la suficiente presencia de ánimo para llegar al *slam*. Me contento con mi juego.

—Pues no debe hacerlo —dijo la mujer enérgicamente—. Debe jugar sus cartas adecuadamente.

—¿Corriendo riesgos?

—No existe ningún riesgo si se ha subastado bien. Eso puede hacerse con seguridad matemática. Por desgracia, muy poca gente subasta como es debido. Lo hacen bien al principio, pero luego pierden la cabeza. No saben distinguir entre un juego con cartas para ganar y uno sin cartas para perder, aunque yo no soy quién para darle lecciones de *bridge* o sobre cálculo de pérdidas, monsieur Poirot.

—Estoy seguro de que me servirá para mejorar mi juego, madame.

Mrs. Lorrimer prosiguió el estudio de la hoja de tanteo.

—Después de esa mano tan interesante, las demás fueron algo sosas. ¿Tiene ahí el tanteo de la cuarta partida? ¡Ah, sí! Una lucha sonada, ninguno de los dos bandos se echó atrás.

—A menudo ocurre eso hacia el final de la velada.

—Sí, se empieza suavemente y luego las cartas se crecen.

Poirot recogió las hojas e hizo una ligera reverencia.

—La felicito, madame. Su memoria para las cartas es magnífica, ¡verdaderamente magnífica! Puede decirse que se acuerda perfectamente de cada una de las cartas que se jugaron.

—Creo que sí.

—La memoria es un don maravilloso. Con ella, el pasado no desaparece. Me figuro, madame, que para usted los acontecimientos pasados tienen la claridad de un hecho ocurrido ayer mismo.

Ella le dirigió una rápida mirada. Sus ojos eran grandes y oscuros. Aquella expresión duró solo un segundo. Luego volvió a tomar el aspecto de dama de gran mundo. Pero Poirot no dudó. Su disparo había dado en el blanco.

Mrs. Lorrimer se levantó.

—Debo marcharme enseguida. Lo siento mucho, no puedo retrasarme.

—Desde luego, desde luego. Le ruego que me disculpe por haberla entretenido.

—Siento mucho también no haber sido capaz de ayudarle.

—De todas formas, me ha ayudado.

—No sé de qué manera —replicó ella con decisión.

—Me ha dicho usted algo que deseaba saber.

La mujer no preguntó a qué se refería.

Poirot le tendió la mano.

—Muchas gracias por su amabilidad.

—Es usted un hombre extraordinario, monsieur Poirot.

—Soy como Dios me ha hecho, madame.

—Todos lo somos, supongo.

—No todos, madame. Algunos de nosotros han tratado de corregir su modelo: Shaitana, por ejemplo.

—¿A qué se refiere usted?

—Tenía un gusto muy depurado en *objecs de vertu* y antigüedades. Debería haberse conformado con eso. Pero, en lugar de todo esto, coleccionaba otras cosas.

—¿De qué clase?

—Bueno, digamos... sensacionales.

—¿No cree que estaba *dans son caractère*?

Poirot negó con la cabeza con gravedad.

—Desempeñó el papel de diablo demasiado bien, pero no era el diablo. *Au fond* era un estúpido. Murió por esa razón.

—¿Por qué era estúpido?

—Es un pecado que no se perdona nunca y se castiga siempre, madame. —Hubo un silencio y después el detective anunció—: Me marcho. Mil gracias por su bondad, madame. No volveré por aquí, a menos que usted me llame.

La mujer arqueó las cejas.

—Por Dios, monsieur Poirot, ¿por qué tendría que llamarle?

—Puede ser. Es solo una idea que se me ha ocurrido. Si lo hace, vendré. Recuérdelo.

Hizo una reverencia y salió de la habitación.

Cuando se encontró en la calle, murmuró para sí: «Estoy en lo cierto, estoy seguro de tener razón. ¡Tiene que ser eso!».

Capítulo 12
Anne Meredith

Mrs. Oliver salió con alguna dificultad de detrás del volante de su coche de dos plazas. Es sabido que los fabricantes de coches modernos suponen que solo las rodillas de una sílfide pueden caber bajo el volante. Además, está de moda hacer los asientos de la menor altura posible. Si se tiene esto en cuenta, es natural que una mujer madura de generosas proporciones necesite hacer un esfuerzo sobrehumano para salir de un coche moderno. Por otra parte, el asiento del copiloto del coche de Mrs. Oliver estaba totalmente ocupado por varios mapas, un bolso, tres novelas y un gran envoltorio que contenía manzanas. La novelista sentía una afición extrema por esa fruta y era notorio que se comió por lo menos cinco libras de un tirón mientras planeaba la complicada trama de *Un muerto en el sumidero*, y que volvió en sí de sus elucubraciones con un respingo y un incipiente dolor de estómago, una hora y diez minutos después de haber empezado una comida que se daba en su honor y a la que tenía que haber asistido.

Con una contorsión final, y después de dar un violento empujón con la rodilla a una puerta recalcitrante, Mrs. Oliver aterrizó un tanto súbitamente en la acera, frente a la entrada de Wendon Cottage, esparciendo a su alrededor una considerable cantidad de corazones de manzana.

Dio un profundo suspiro, se encasquetó el sombrero hasta colocarlo en una posición bastante estrambótica y miró con aprobación el traje de *tweed* que llevaba, pues se acordó a tiempo de que iba al campo. Pero frunció el entrecejo al ver que, sin darse cuenta, no se había cambiado los zapatos de charol y tacón alto que usaba en Londres. Abrió la verja y recorrió el camino de losas que conducía a la puerta principal. Tocó el timbre y luego ejecutó un alegre repiqueteo con el llamador, un objeto caprichoso que representaba la cabeza de un sapo.

Como nada sucedía, repitió la ejecución.

Al cabo de un intervalo que duró un minuto y medio, Mrs. Oliver tomó una decisión y empezó a dar la vuelta a la casa con paso rápido, en un viaje de exploración.

Detrás del edificio había un pequeño jardín, arreglado al viejo estilo, con margaritas y crisantemos. Más allá se veía un prado y después un río. El sol calentaba bastante, a pesar de que ya estaban en el mes de octubre.

Dos muchachas cruzaban el prado en dirección a la casa. Cuando entraron en el jardín, la que iba delante se detuvo.

Mrs. Oliver dio unos pasos hacia ella.

—¿Cómo está usted, miss Meredith? Se acuerda de mí, ¿verdad?

—¡Oh, desde luego! —Anne Meredith extendió rápidamente la mano un tanto sobresaltada. Luego pareció sobreponerse a la primera impresión.

—Esta es una antigua amiga que vive conmigo, miss Dawes. Rhoda, te presento a Mrs. Oliver.

La otra joven era alta, morena y de aspecto vigoroso. Preguntó con interés:

—¿Es usted Mrs. Oliver? ¿Ariadne Oliver?

—La misma —dijo la escritora, y luego añadió, dirigiéndose a miss Meredith—: Sentémonos en algún sitio, tengo muchas cosas que contarle.

—Desde luego. Tomaremos el té.

—El té puede esperar.

Anne se dirigió hacia un grupito de sillas de mimbre algo estropeadas. La visitante escogió la que parecía más sólida, pues había tenido ya varias desagradables experiencias con aquellos débiles muebles veraniegos.

—Bueno, querida —dijo con viveza—. No nos andemos por las ramas acerca del asesinato de la otra noche. Debemos ocuparnos de ello y hacer algo.

—¿Hacer algo? —preguntó Anne.

—Naturalmente. No sé lo que pensará usted, pero yo no tengo ninguna duda sobre quién lo hizo. Ese médico... ¿Cómo se llama? Roberts, eso es, Roberts. ¡Es un apellido galés! ¡Nunca me he fiado de los galeses! Tuve una niñera galesa que un día me llevó a Harrogate y volvió a casa sin acordarse de mí. Son muy inconscientes. Pero dejemos estar a mi niñera. Roberts lo hizo, esa es la cuestión. Quiero que aunemos nuestros esfuerzos para probarlo.

Rhoda rio repentinamente y luego enrojeció.

—Perdóneme, pero es usted..., es usted tan diferente a cómo me la había imaginado.

—Supongo que se habrá llevado una desilusión —dijo Mrs. Oliver con serenidad. Estoy acostumbrada. No se preocupe. ¡Lo que debemos hacer es demostrar que Roberts es el asesino!

—¿Cómo podremos demostrarlo? —dijo Anne.

—¡Oh! No seas tan derrotista, Anne —exclamó Rhoda—. Creo que Mrs. Oliver es la persona apropiada para eso. Sabe mucho de estas cosas y actuará tal como lo haría Sven Hjerson.

Mrs. Oliver, ruborizada ante la mención de su famoso detective finlandés, manifestó:

—Tenemos que hacerlo y le diré por qué. ¿Quiere que la gente piense que lo hizo usted?

—¿Por qué lo harían?

—Ya sabe cómo es la gente. Los tres inocentes serán a sus ojos tan sospechosos como el que lo hizo.

—Todavía no comprendo por qué acude usted a mí, Mrs. Oliver.

—Porque, en mi opinión, los otros dos no importan. Mrs. Lorrimer es una de esas mujeres que se pasan el día jugando al *bridge* en su club. Las mujeres de esa clase tienen una armadura blindada a su alrededor. ¡Pueden cuidar perfectamente de sí mismas! Además, ya es vieja. No importa que alguien piense que ella lo hizo. Pero una muchacha es diferente. Tiene por delante toda una vida.

—¿Y el comandante Despard? —inquirió Anne.

—¡Bah! ¡Es un hombre! Nunca me ocupo de ellos. Los hombres saben cuidarse y lo hacen verdaderamente bien. Además, Despard disfruta de una vida bastante peligrosa. Se está divirtiendo en casa, en lugar de hacerlo en el Irawady. ¿O acaso en el Limpopo? Ya sabe a qué me refiero, a ese río africano de color amarillo que tanto les gusta a los hombres. No, no me preocupo por esos dos.

—Es usted muy amable —dijo Anne.

—Esa muerte fue algo brutal —observó Rhoda—. Anne está desconcertada, Mrs. Oliver. Es terriblemente sensible. Y creo que tiene usted razón. Será mucho mejor hacer algo que permanecer sentadas recordando lo que pasó.

—Desde luego. Si les digo la verdad, nunca me había encontrado hasta ahora con un asesinato real. Debo añadir que algo así no cuadra mucho con mis métodos. Estoy acostumbrada a jugar con los dados cargados, ya sabe a qué me refiero. Pero no estoy dispuesta a dejar el caso y permitir que esos hombres disfruten ellos solos. Siempre he dicho que si una mujer estuviera al frente de Scotland Yard...

—¿Sí? —Miss Dawes se inclinó hacia delante con los labios entreabiertos—. Si estuviera al frente de Scotland Yard, ¿qué haría?

—Detendría enseguida al doctor Roberts.

—¿Sí?

—Pero no tengo nada que ver con la policía —comentó Mrs. Oliver, eludiendo un terreno tan peligroso—. Soy una persona desconocida.

—¡Oh, no lo es! —dijo Rhoda, halagándola.

—Aquí estamos —continuó la novelista—, tres personas que no tienen nada que ver con los medios oficiales, tres mujeres. Vamos a ver qué es lo que podemos hacer juntando nuestro ingenio.

Anne asintió con aspecto pensativo.

—¿Por qué cree usted que lo hizo el doctor Roberts?

—Es el hombre apropiado.

—¿No cree usted, sin embargo...? —Anne titubeó—. ¿Un médico no podría...? Quiero decir que un veneno le resultaría más fácil.

—No lo crea. Un veneno o una droga de cualquier clase lo señalaría directamente a él. Fíjese en que dejan siempre en el coche el maletín lleno de drogas peligrosas, con el riesgo de que se las roben. No, precisamente porque es médico se cuidó mucho de no usar nada que se relacionara con su profesión.

—Ya comprendo —dijo Anne, aunque su tono revelaba alguna duda—. Pero ¿por qué cree usted que quería matar a Mr. Shaitana? ¿Tiene alguna idea concreta sobre ello?

—¿Idea? Tengo muchísimas. Ciertamente, ahí estriba la dificultad. Siempre tropiezo con lo mismo. No puedo pensar en una sola trama a la vez. Pienso por lo menos en cinco y luego sudo horrores para decidirme por una de ellas. Puedo imaginarme seis magníficas razones para el asesinato. Pero lo malo es que no hay medio de saber cuál de ellas es la verdadera. En primer lugar, tal vez Shaitana fuera un prestamista. Tenía un aspecto bastante untuoso. Roberts estaba apurado y lo mató porque no pudo reunir el dinero suficiente para pagar el préstamo. Quizá Shaitana arruinó a un hermano o a una hermana del médico. O posiblemente Roberts es bígamo y Shaitana lo sabía. O tal vez

Roberts se casó con una prima segunda de Shaitana que debía heredar de este o... ¿Cuántas llevo?

—Cuatro —dijo Rhoda.

—O bien..., y esta sí que es excelente..., supongamos que Shaitana conocía algún secreto del pasado de Roberts. Es posible que usted no se diera cuenta, pero Shaitana dijo algo muy peculiar durante la cena, justamente antes de hacer una pausa algo rara.

Anne se inclinó para apartar una oruga que vio en el suelo.

—No lo recuerdo.

—¿A qué se refirió? —preguntó Rhoda.

—Algo sobre..., ¿qué fue?..., un accidente o un veneno. ¿No lo recuerda?

La mano izquierda de Anne se crispó sobre el brazo del sillón.

—Recuerdo vagamente algo de eso —dijo.

—Debes ponerte una chaqueta —le advirtió Rhoda con brusquedad—. Ten presente que no estamos en verano.

—No tengo frío —replicó Anne, aunque se estremeció ligeramente.

—Escuche usted mi teoría —prosiguió Mrs. Oliver—. Me atrevería a decir que uno de los pacientes del médico resultó envenenado por accidente, pero fue cosa del doctor, desde luego. Hasta diría que ha matado a una gran cantidad de gente por ese procedimiento.

—¿Es que los médicos acostumbran a matar a sus pacientes al por mayor? ¿No cree que eso causaría un pésimo efecto entre su clientela?

—No hay duda de que existiría una muy buena razón —respondió Mrs. Oliver vagamente.

—Creo que la idea es absurda —comentó Anne con sequedad—. Es absoluta y absurdamente melodramática.

—¡Oh, Anne! —exclamó Rhoda como queriendo excusarla.

Miró a Mrs. Oliver. Sus ojos, como los de un inteligente spaniel, parecían querer decirle: «Compréndala, compréndala».

—Opino que es una magnífica idea, Mrs. Oliver —convino Rhoda con un tono de convicción—. Un médico puede conseguir algo que no deje rastro, ¿verdad?

—¡Oh! —exclamó Anne.

Las otras dos se volvieron hacia ella.

—Recuerdo algo más —dijo la joven—, Mr. Shaitana se refirió a las posibilidades que puede tener un médico en un laboratorio. Debía de querer dar a entender algo con ello.

—No fue Shaitana quien dijo eso. —Mrs. Oliver negó con la cabeza—. Fue Despard. —El ruido de unos pasos en el sendero le hizo volver la cabeza—. Bueno, hablando del rey de Roma...

Despard acababa de aparecer por una esquina de la casa.

Capítulo 13
El segundo visitante

Despard pareció un tanto sorprendido al ver a la escritora. El rubor apareció en su rostro bronceado. La vergüenza le hizo comportarse con torpeza. Se dirigió a Anne.

—Perdone, miss Meredith, he llamado al timbre, pero no ha contestado nadie. Pasaba por aquí y se me ha ocurrido que podría hacerle una visita.

—Lo siento —replicó Anne—. No tenemos criada, solo una mujer que viene por las mañanas.

Le presentó a Rhoda.

—Tomemos el té —dijo esta—. Está refrescando. Será mejor que entremos en la casa.

Pasaron al interior y Rhoda desapareció en la cocina.

—Qué coincidencia tan singular encontrarnos todos aquí —comentó Mrs. Oliver.

—Sí —respondió Despard, mirando a la escritora con una expresión pensativa.

—Le estaba diciendo a miss Meredith —comentó Mrs. Oliver divertida con la situación— que debemos adoptar un plan de campaña. Me refiero al asesinato. Lo cometió ese médico, desde luego. ¿Está de acuerdo conmigo?

—No lo podría afirmar. Tenemos muy poco en que basarnos.

La expresión de Mrs. Oliver era la que acostumbraba a reflejarse en su rostro cuando se decía interiormente: «¡Cosas de hombres!».

Cierto aire de reserva se había apoderado de los tres. La novelista se dio cuenta de ello enseguida. Cuando Rhoda apareció con el té, se levantó y dijo que debía emprender el regreso a Londres. No, eran muy amables, pero no quería tomar el té.

—Le dejaré mi tarjeta —añadió—. Pase a verme cuando venga a la ciudad. Hablaremos del asunto y veremos si se nos ocurre algo ingenioso para llegar al fondo del caso.

—La acompañaré hasta la calle —anunció Rhoda.

Cuando caminaban por el sendero, Anne salió corriendo de la casa y se unió a ellas.

—He estado recapacitando —dijo, muy decidida.

—¿De veras?

—Ha sido usted extraordinariamente amable al tomarse todas estas molestias, Mrs. Oliver. Pero, en realidad, creo que no debo hacer nada. Quiero decir que todo fue absolutamente horrible. Lo que necesito es olvidarlo.

—Pero, muchacha, lo que hay que saber es si permitirán que lo olvide.

—Sí, ya sé que la policía no abandonará el caso. Probablemente vendrán aquí y me harán muchísimas preguntas. Estoy dispuesta. Pero siempre que sea en privado. No quiero pensar en esto o que me lo recuerden de alguna forma. Puede decir que soy una cobarde, pero así es como pienso.

—¡Oh, Anne! —exclamó Rhoda.

—Entiendo perfectamente lo que siente —dijo la escritora—, aunque no estoy segura de que esté usted en lo cierto. Si los dejamos solos, posiblemente los de la policía no averiguarán nunca la verdad.

Anne se encogió de hombros.

—¿Importa mucho?

—¿Que si importa? —exclamó Rhoda—. Claro que importa. Importa mucho, ¿no le parece, Mrs. Oliver?

—No me cabe la menor duda.

—No estoy de acuerdo —se obstinó Anne—. Nadie de los que me conocen creerá que yo lo hice. No veo ninguna razón para intervenir en esto. Es tarea de la policía esclarecer lo ocurrido.

—¡Oh, Anne, eres insensible! —se lamentó Rhoda.

—De todas formas, eso es lo que pienso —repitió la muchacha. Luego tendió una mano a Mrs. Oliver—. Muchísimas gracias, Mrs. Oliver. Ha sido usted muy amable al haberse molestado.

—Muy bien. Si opina usted así, no hay más que hablar —replicó la novelista jovialmente—. Pero por mi parte no dejaré de ninguna manera que la hierba crezca bajo mis pies. Adiós. Venga a verme a Londres si cambia de idea.

Subió al coche, lo puso en marcha y se alejó agitando alegremente una mano hacia las dos jóvenes.

De repente, Rhoda corrió tras el automóvil y saltó al estribo.

—Lo que ha dicho acerca de ir a verla a Londres —dijo casi sin aliento—, ¿se refería únicamente a Anne o iba por mí también?

Mrs. Oliver pisó el freno.

—Me refería a las dos, desde luego.

—Muchas gracias. No se detenga. Yo..., yo quizá vaya un día. Hay algo que... No, no se detenga, puedo saltar.

Así lo hizo y, después de agitar una mano en señal de despedida, volvió hacia la verja, donde Anne esperaba pacientemente.

—¿Por qué has...? —empezó esta última.

—¿No es encantadora? —preguntó Rhoda entusiasmada—. Me gusta. Las medias que lleva no son del mismo par, ¿te has dado cuenta? Estoy segura de que es muy lista. Debe de serlo para escribir tantos libros. Sería estupendo si descubriera la verdad, mientras la policía se queda con dos palmos de narices.

—¿Por qué habrá venido? —preguntó Anne.

Los ojos de Rhoda se abrieron de par en par.

—Pero, chica, ya te lo ha dicho.

Anne hizo un gesto de impaciencia.

—Entremos en casa. Lo he dejado solo.

—¿A Despard? Anne, ¿no crees que es un hombre muy atractivo?

—Supongo que sí.

Recorrieron juntas el sendero.

Despard estaba junto a la chimenea con una taza de té en la mano. Cortó en seco las excusas que le ofreció Anne por haberlo dejado solo.

—Miss Meredith, quiero explicarle la causa de mi visita.

—¡Oh! Pero...

—Le he dicho que pasaba casualmente por aquí, pero no es del todo verdad. He venido ex profeso.

—¿Cómo se ha enterado usted de mi dirección?

—Me la facilitó el superintendente Battle.

Vio cómo ella se estremecía un poco al oír aquel nombre.

El joven prosiguió con rapidez:

—Battle se dirige ahora hacia aquí. Lo he visto en Paddington. He cogido mi coche y he venido directamente. Sabía que llegaría antes que el tren.

—¿Por qué ha venido?

Despard titubeó.

—Puede que sea un presuntuoso, pero tuve la impresión de que está usted lo que se dice «sola en el mundo».

—Me tiene a mí —intervino Rhoda.

Despard le dirigió una rápida mirada, apreciando su gentil y esbelta figura, que se apoyaba contra la repisa de la chimenea mientras seguía la conversación con inmenso interés. Ambas constituían una pareja muy atractiva.

—Estoy seguro de que no podrá encontrar una amiga más amiga que usted, miss Dawes —dijo Despard cortésmente—, pero se me ha ocurrido que, en estas circunstancias tan peculiares, no sería despreciable el consejo de alguien que tenga buena experiencia de lo que es el mundo. Con franqueza, la situación es esta: miss Meredith resulta sospechosa de haber cometido un asesinato. Lo mismo ocurre conmigo y con otras dos personas que se encontraban en aquella habitación la otra noche. Esa situación no es nada agradable y ofrece dificultades y peligros que alguien tan joven y sin experiencia como usted, miss Meredith, no puede conocer. En mi opinión, debería buscarse un buen abogado. ¿Tal vez lo ha hecho ya?

—Nunca he pensado en ello —afirmó Anne.

—Me lo figuraba. ¿Conoce a un buen abogado, alguno en Londres, por ejemplo?

—Nunca lo he necesitado.

—Está Mr. Bury —dijo Rhoda—, pero es muy caro.

—Si me permite un consejo, miss Meredith, le recomiendo que acuda al mío, Mr. Myherne. El nombre de la firma es Jacobs, Peel & Jacobs. Son abogados de primera y conocen todos los hilos que hay que mover.

La palidez de Anne aumentó. La joven tomó asiento.

—¿Cree usted que es realmente necesario?

—Yo diría que sí. Existen una gran cantidad de trucos legales.

—¿Son muy caros esos abogados?

—Eso qué importa —intervino Rhoda—. Me parece muy bien, comandante. Creo que todo lo que ha dicho es muy acertado. Anne debe estar protegida.

—Estoy seguro de que sus honorarios serán razonables —dijo Despard y añadió en tono serio—: Con toda sinceridad, opino que resultaría una medida muy prudente, miss Meredith.

—Muy bien —convino Anne lentamente—. Si usted lo cree oportuno, así lo haré.

—¡Estupendo!

—Creo que ha sido usted muy amable, comandante

Despard —dijo Rhoda con afecto—. Sí, se ha preocupado demasiado.

—Gracias —añadió Anne.

La muchacha titubeó un instante y luego preguntó:

—¿Ha dicho usted que el superintendente Battle venía hacia aquí?

—Sí, pero no debe usted alarmarse. Es algo inevitable.

—Sí, ya lo sé. Por decirlo así, le estaba esperando.

—Pobrecita, este asunto es capaz de acabar con ella. Es algo vergonzoso y terriblemente injusto —comentó Rhoda.

—Estoy de acuerdo con usted —dijo Despard—, resulta brutal en extremo mezclar a una muchacha en un asunto de esta clase. Si alguien quería apuñalar a Shaitana, debería haber escogido otra ocasión.

—¿Quién cree usted que lo hizo? —preguntó Rhoda—. ¿El doctor Roberts o Mrs. Lorrimer?

—Como ya sabe, pude hacerlo yo mismo —respondió Despard con una sonrisa.

—¡Oh, no! —exclamó Rhoda—. Anne y yo sabemos que usted no lo hizo.

El joven las miró con ojos de expresión afectuosa. Eran dos chicas muy agradables. Extraordinariamente imbuidas de fe y confianza. Anne era una joven llena de timidez. Pero no importaba: Myherne la comprendería a la perfección. La otra chica estaba animada por un espíritu luchador. Despard dudaba de que ella se hubiera desanimado de encontrarse en la misma situación que su amiga. Eran buenas chicas y le gustaría saber algo más de ellas.

—No asegure nunca algo así, miss Dawes. Yo no concedo demasiada importancia al valor de la vida humana, como hace la mayoría de la gente. Pongo por ejemplo todo ese revuelo histérico que se produce cuando ocurre un accidente callejero. El hombre está siempre en peligro por el tráfico, los microbios y otras mil cosas. Puede morir de una forma u otra. Opino que, cuando uno empieza a cuidar de sí mismo, adoptando el lema «la seguridad ante todo», puede encontrar la muerte donde menos se lo espera.

—Pienso exactamente como usted —exclamó Rhoda—. Creo que es conveniente llevar una vida llena de peligros, si se tiene ocasión, quiero decir. Pero, de todas formas, la vida es terriblemente insípida.

—Hay momentos en que no lo es.

—Para usted sí, desde luego. Porque se va a los rincones más apartados del mundo, donde le acechan los tigres, dispara contra las fieras, las cucarachas se le meten entre los dedos de los pies y le pican los insectos, cosas que resultan muy incómodas, pero que son emocionantes de verdad.

—Bueno, miss Meredith también ha tenido sus emociones. Supongo que no le habrá ocurrido muy a menudo eso de encontrarse en la misma habitación donde se está cometiendo un asesinato.

—¡Oh, no! —exclamó Anne.

—Lo siento —dijo él rápidamente.

Pero Rhoda prosiguió, dando un suspiro:

—Fue terrible, desde luego, ¡pero también fue muy emocionante! No creo que Anne aprecie este punto de vista. Estoy segura de que Mrs. Oliver está muy emocionada por el hecho de haber estado allí la otra noche.

—¿Mrs....? ¡Ah, sí! Su voluminosa amiga, la que escribe novelas con ese personaje finlandés de nombre impronunciable. ¿Pretende dedicarse a la investigación de un crimen real?

—Eso parece.

—Bien, deseémosle suerte. Sería divertido que les diera una lección a Battle y compañía.

—¿Qué tal es Battle? —preguntó Rhoda con curiosidad.

—Es un hombre muy astuto. Un hombre de facultades poco corrientes.

—¡Oh! Anne me dijo que tenía un aspecto algo estúpido.

—Eso, según creo, forma parte de su juego. Pero no comete ninguna equivocación. Battle no es tonto.

El joven se levantó.

—Bueno, debo irme. Hay algo más que me gustaría decirle.

Anne también se levantó.

—¿Sí? —dijo extendiendo la mano.

Despard se detuvo unos segundos, como si estuviera escogiendo cuidadosamente sus palabras. Tomó su mano y no la soltó, mientras miraba con fijeza sus ojos grandes y grises.

—No se enfade conmigo. Quería decirle esto: es humanamente posible que existan algunos aspectos de su amistad con Shaitana que usted no desee que salgan a la luz. Si es así, no se enfade, por favor. —Sintió la instintiva sacudida de la mano de ella—. Tiene usted perfecto derecho a negarse a contestar cualquier pregunta que le haga Battle sobre eso mientras no esté presente su abogado.

Anne retiró la mano. Sus ojos se abrieron aún más y su color gris se oscureció por efecto de la cólera.

—No hay nada..., nada. Casi no conocía a ese hombre.

—Lo siento —dijo Despard—. Creí que debía recordárselo.

—Es verdad —intervino Rhoda—. Anne apenas lo conocía. No le tenía mucha simpatía, pero daba unas fiestas verdaderamente estupendas.

—Al parecer, eso fue lo único que justificaba la existencia del difunto Shaitana —comentó Despard con aspereza.

—Battle puede preguntarme lo que le apetezca —dijo Anne con frialdad—. No tengo nada que ocultar.

—Le ruego que me perdone.

—Está bien. —La muchacha lo miró. Su cólera se desvaneció y sonrió con dulzura—. Ya sé que me lo ha advertido con buena intención.

Extendió su mano otra vez y Despard la tomó mientras decía:

—Estamos los dos en el mismo barco. Debemos ser aliados.

Anne lo acompañó hasta la verja. Cuando regresó, Rhoda estaba mirando por la ventana y silbando. Se volvió cuando su amiga entró en la habitación.

—Ese hombre es muy interesante, Anne.

—Ha sido muy amable, ¿verdad?

—Mucho más que amable: me ha fascinado por completo. ¿Por qué no fui yo en tu lugar a esa maldita cena? Hubiera disfrutado de toda aquella excitación: la red cerrándose sobre mí, las sospechas envolviéndome, la sombra del patíbulo...

—Nada de eso. Estás diciendo tonterías, Rhoda. Ha sido muy amable al venir aquí por una extraña, por una chica a la que solo había visto una vez.

—Se ha enamorado de ti. Está claro. Los hombres no prodigan atenciones puramente desinteresadas. No habría venido si fueras bizca o tuvieras la cara llena de granos.

—¿Lo crees así?

—Claro que sí, tonta. Mrs. Oliver es una parte mucho más desinteresada.

—Esa mujer no me gusta —dijo Anne con brusquedad—. No sé lo que siento hacia ella. ¿Para qué habrá venido en realidad?

—Sufres las naturales sospechas hacia las personas del mismo sexo. Respecto a eso, me atrevería a decir que el comandante Despard tiene un fin interesado.

—Estoy segura de que no —exclamó Anne vivamente.

Se sonrojó mientras Rhoda reía.

Capítulo 14
El tercer visitante

Battle llegó a Wallingford hacia las siete de la tarde. Tenía la intención de enterarse de todo lo que pudiera por medio de las habladurías del pueblo antes de entrevistarse con miss Meredith. No fue difícil conseguir los informes que necesitaba. Sin comprometerse con manifestaciones concretas, el superintendente proporcionó vagas impresiones acerca de su rango y las ocupaciones de su vida social.

Dos de sus interlocutores, por lo menos, habrían asegurado que era un contratista de Londres venido expresamente para ver si se podía añadir una nueva ala al chalet en el que vivía la muchacha. Otros pensaron que era un caballero que deseaba alquilar una finca amueblada para pasar los fines de semana y dos más afirmarían categóricamente que representaba a una empresa constructora de frontones.

La información que recogió Battle era del todo favorable.

—¿Wendon Cottage? Sí, en la carretera de Marlbury. No tiene pérdida. Sí, dos jóvenes. Miss Dawes y miss Meredith. Dos jóvenes muy amables. No son de las que arman excesivo bullicio.

—¿Si hace años que están allí? No, no mucho. Hará poco más de dos años. Llegaron a principios de septiembre. Compraron la finca a Mr. Pickersgill, quien, después de morir su esposa, ya no venía mucho por aquí.

El informador del superintendente no había oído nunca decir que procedieran de Northumberland. Él creía que eran de Londres. Las chicas se habían hecho populares en la vecindad, aunque algunos anticuados creían que no estaba bien que dos jóvenes vivieran solas. Pero eran muy sensatas. No eran de la clase de gente acostumbrada a cargarse de alcohol los fines de semana. Miss Rhoda era la más decidida y miss Meredith la más callada. Sí, miss Dawes pagaba las facturas. Fue quien puso el dinero para comprar la casa.

Las averiguaciones del superintendente lo llevaron por fin inevitablemente hasta Mrs. Astwell, quien «cuidaba» a las señoritas de Wendon Cottage.

Mrs. Astwell resultó ser una persona muy locuaz.

—Desde luego, no puedo decir si es la misma miss Meredith que usted conoce, señor, si pertenece a la misma familia, quiero decir. Me parece que procede de Devonshire. Cuando le envían nata de vez en cuando, dice que le recuerda a su hogar, por lo cual deduzco que debe de ser de allí.

»Como bien dice usted, señor, es muy triste que tantas jóvenes tengan que ganarse la vida en estos días. Las chicas no son lo que pudiéramos llamar ricas, pero llevan una vida muy agradable. Miss Dawes es la que tiene dinero, desde luego, y miss Meredith es una especie de acompañante. La finca pertenece a la primera.

»En realidad, no sé de qué parte de Inglaterra es miss Anne. Oí que mencionaba una vez la isla de Wright y sé que no le gusta el norte de Inglaterra. Ella y miss Rhoda estuvieron juntas en Devonshire porque las he oído bromear acerca de sus colinas y hablar de sus bonitas cavernas y bahías.

El caudal de información siguió fluyendo y Battle no perdía detalle. Más tarde, anotó en su agenda un par de palabras a modo de recordatorio.

Eran las ocho y media cuando recorrió el sendero que conducía hasta la puerta de Wendon Cottage.

Le abrió la puerta una muchacha alta y morena, vestida con una bata naranja.

—¿Vive aquí miss Meredith? —preguntó el superintendente.

—Sí, aquí vive.

—Me gustaría hablar con ella, por favor. Soy el superintendente Battle.

Fue correspondido de inmediato con una mirada penetrante.

—Pase —dijo Rhoda, apartándose.

Anne estaba sentada junto al fuego con una taza de café. Llevaba un pijama de crespón de China bordado.

—Es el superintendente Battle —anunció Rhoda mientras hacía pasar al visitante.

Anne se levantó y avanzó unos pasos con las manos extendidas.

—Es algo tarde para hacer una visita —se excusó Battle—. Pero quería encontrarla en casa y hoy ha hecho un día estupendo.

La joven sonrió.

—¿Quiere tomar un café, superintendente? Trae otra taza, Rhoda.

—Es usted muy amable, miss Meredith.

—Creo que hacemos un café bastante aceptable —dijo Anne.

Señaló una silla y Battle se sentó. Rhoda trajo una taza y Anne le sirvió el café. El crepitar del fuego y las flores arregladas en bonitos jarrones le causaron una buena impresión.

Era un agradable ambiente hogareño. Anne no parecía estar turbada y la otra muchacha continuaba mirando a Battle con interés.

—Lo estábamos esperando —comentó Anne.

Su voz tenía cierto tono de reproche. «¿Por qué se ha olvidado de mí?», parecía decir.

—Lo siento, miss Meredith. He tenido que hacer mucho trabajo rutinario.

—¿Con resultado satisfactorio?

—No del todo, pero debía hacerlo de todos modos. Puede decirse que he vuelto del revés al doctor Roberts y a Mrs. Lorrimer. Ahora voy a hacer lo mismo con usted.

Anne sonrió.

—Estoy dispuesta.

—¿Qué me dice del comandante Despard? —preguntó Rhoda.

—No lo pasaremos por alto, se lo prometo.

Dejó la taza de café y miró a Anne.

—Estoy a su disposición, superintendente. ¿Qué quiere saber?

—Pues, en términos generales, todo lo que se refiere a usted, miss Meredith.

—Soy una persona muy respetable —dijo Anne sonriendo.

—Lleva una vida irreprochable —intervino Rhoda—. Se lo aseguro.

—Bueno, eso está muy bien —dijo el policía jovialmente—. Entonces, ¿hace tiempo que conoce a miss Meredith?

—Fuimos juntas al colegio. Qué lejos parece eso, ¿verdad, Anne?

—Tan lejos que apenas podrá recordarlo, supongo —dijo Battle lanzando una risita—. Bien, miss Meredith, me temo que voy a ser como uno de esos formularios que deben rellenarse para solicitar el pasaporte.

—Nací... —empezó Anne.

—De padres pobres, pero honrados —comentó Rhoda.

Battle levantó una mano con un ligero ademán de reproche.

—Vamos, vamos, joven.

—Rhoda, por favor —observó Anne con gravedad—. Esto va en serio.

—Lo siento —replicó la muchacha.

—Bien, miss Meredith, nació usted... ¿dónde?

—En Quetta, en la India.

—¿Ah, sí? ¿Su familia pertenecía al Ejército?

—Sí. Mi padre era el comandante John Meredith. Mi madre murió cuando cumplí quince años y nos fuimos a vivir a Cheltenham. Mi padre falleció cuando yo tenía dieciocho años y prácticamente no me dejó ni un penique.

Battle movió la cabeza con simpatía.

—Supongo que fue un duro golpe para usted.

—Así fue. Sabía que no estábamos en muy buena posición económica, pero comprobar que no había absolutamente nada..., bueno, eso fue distinto.

—¿Qué hizo usted, miss Meredith?

—Tuve que buscar un empleo. Mi educación no había sido muy buena y, además, yo no destacaba por ser muy lista. No sabía escribir a máquina, ni sabía taquigrafía ni nada parecido. Una amiga de Cheltenham consiguió colocarme con unos conocidos suyos para cuidar de dos chiquillos cuando estaban en casa los días de fiesta.

—¿Cómo se llamaba su señora, por favor?

—Mrs. Eldon. Vivía en Los Alerces, en Ventnor. Estuve con ella durante dos años y luego los Eldon se marcharon al extranjero. Después serví a Mrs. Deering.

—Mi tía —apuntó Rhoda.

—¿En calidad de qué estuvo allí?, ¿de señorita de compañía?

—Sí, puede decirse que sí.

—Más bien de segundo jardinero —explicó Rhoda—. Mi tía Emily estaba chiflada por la jardinería. Anne se pasaba la mayor parte del tiempo cruzando e injertando rosales.

—¿Cuándo dejó usted a Mrs. Deering?

—Su estado de salud empeoró y tuvo que buscar una enfermera fija.

—Tiene cáncer —observó Rhoda—. La pobrecita debe tomar morfina y cosas por el estilo.

—Fue siempre muy amable conmigo y sentí mucho tener que dejarla —prosiguió Anne.

—Yo buscaba entonces una finca como esta —dijo Rhoda— y necesitaba que alguien la compartiera conmigo. Papá se casó por segunda vez, con una mujer no muy de mi gusto, y le rogué a Anne que viniera. Desde entonces está aquí.

—Bien. Parece que, efectivamente, lleva una vida intachable —comentó Battle—. Aclaremos bien las fechas. Ha dicho que estuvo con Mrs. Eldon durante dos años. A propósito, ¿dónde vive ella ahora?

—Está en Palestina. Su marido tiene un cargo oficial, no sé cuál.

—Bien, lo comprobaré fácilmente. ¿Después estuvo usted con Mrs. Deering?

—Sí, durante tres años —dijo Anne—. Su dirección es Marsh Dene, Little Hemburry, en Devon.

—Comprendido. Por lo tanto, tiene usted ahora veinticinco años, miss Meredith. Ahora, solo una cosa más: el nombre y la dirección de un par de personas de Cheltenham que los conozcan a usted y a su padre.

Anne se los proporcionó.

—Respecto al viaje que hizo a Suiza, donde conoció a Mr. Shaitana, ¿fue usted sola o la acompañó miss Dawes?

—Fuimos las dos. Nos juntamos con más gente. Éramos ocho.

—Cuénteme algo sobre cómo conoció a Shaitana.

Anne frunció el entrecejo.

—No hay mucho que decir sobre ello. Estaba allí y lo conocimos de la forma en que, por lo general, se traba amistad con la gente en un hotel. Le dieron el primer premio en un baile de disfraces. Se vistió de Mefistófeles.

—Sí, siempre fue su disfraz favorito —apuntó Battle.

—En realidad, era maravilloso —opinó Rhoda—. No necesitaba maquillarse.

El policía miró a una muchacha y después a la otra.

—¿Quién de ustedes dos le conocía mejor?

Anne titubeó y fue Rhoda la que contestó:

—Al principio, ambas lo tratábamos por igual. Es decir, muy poco. Nuestro grupo se dedicaba exclusivamente a esquiar y la mayoría de los días nos los pasábamos en las pistas. Por las noches, bailábamos juntos. Entonces dio la impresión de que Shaitana se hubiera encaprichado de Anne. Ya sabe usted, se desvivía por complacerla. La hicimos rabiar con eso.

—Creía que lo estaba haciendo para molestarme —dijo Anne—, porque a mí no me gustaba en absoluto. Supongo que le divertía verme turbada.

—Le dijimos a Anne que haría una buena boda. Se enfadó mucho con nosotros.

—Tal vez podría facilitarme los nombres de las personas que las acompañaban en aquella excursión —solicitó Battle.

—No es usted lo que yo llamaría un hombre confiado —observó Rhoda—. ¿Cree que cada una de las palabras que decimos es una mentira preconcebida?

—Quiero asegurarme de que no lo son —replicó.

—Sospecha usted, ¿no es eso? —dijo Rhoda.

Escribió varios nombres en una hoja de papel y se la entregó.

Battle se levantó.

—Bueno, muchísimas gracias, miss Meredith. Como opina miss Dawes, parece que ha llevado usted una vida irreprochable. No creo que deba preocuparse mucho. Es extraña la manera en que Shaitana cambió su forma de tratarla. Perdóneme la pregunta: ¿le pidió que se casara con él o..., ejem..., la molestó con atenciones de otra clase?

—No trató de seducirla —intervino Rhoda—, si es eso lo que quiere usted decir.

Anne se sonrojó.

—Nada de eso —replicó—. Siempre fue muy cortés y formal. Precisamente, eran sus modales rebuscados los que me hacían sentirme incómoda.

—¿Quizá algo de lo que dijo o insinuó?

—Sí, pero no..., nunca insinuó nada.

—Lo siento. Esos hombres fatales lo hacen algunas veces. Bien, buenas noches, miss Meredith. Muchísimas gracias por todo. El café era excelente. Buenas noches, miss Dawes.

—¡Vaya! —dijo Rhoda cuando Anne volvió después de acompañar a Battle hasta la puerta—. Ya ha pasado todo y no ha sido tan terrible. Es un hombre amable y paternal que, evidentemente, no sospecha de ti lo más mínimo. Todo ha ido mejor de lo que yo creía.

Anne se dejó caer lentamente en un sillón exhalando un suspiro.

—Lo cierto es que ha sido muy fácil. He sido una tonta por preocuparme tanto. Creí que trataría de intimidarme.

—Parece bastante razonable —opinó Rhoda—. Sabe demasiado bien que tú no eres una mujer capaz de asesinar a nadie.

Titubeó un poco y luego preguntó:

—Oye, Anne, no le has dicho que estuviste en Combrease.

—No creo que eso importe demasiado. Estuve allí solo unas pocas semanas. Y nadie me preguntará por eso. Si crees que es necesario, le escribiré y se lo diré, pero estoy segura de que no lo es. Dejémoslo estar.

—Está bien, como quieras.

Rhoda se levantó y encendió la radio. Se oyó la voz de un locutor que decía: «Acaban ustedes de escuchar, interpretada por los Black Nubians, la canción: *¿Por qué me cuentas mentiras, niña?*».

Capítulo 15
El comandante Despard

Despard salió del Albany, dio la vuelta hacia Regent Street y se subió a un autobús.

Era el momento más tranquilo del día. En el piso superior había muy pocos asientos ocupados. Despard recorrió el pasillo y se sentó en el primer asiento. Había subido con el autobús en marcha. El vehículo se detuvo en la siguiente parada, donde subieron varios pasajeros, y luego siguieron recorriendo Regent Street.

Un segundo viajero subió por la escalerilla, avanzó por el pasillo y se sentó en el primer asiento en el lado opuesto.

Despard no se fijó en el recién llegado pero, después de unos minutos, una voz murmuró:

—Se tiene una buena vista de Londres desde el segundo piso de un autobús.

Despard volvió la cabeza. Pareció confundido durante un instante, pero luego su cara se iluminó.

—Le ruego que me perdone, monsieur Poirot. No le había visto. En efecto, desde aquí se contempla estupendamente el mundo a vista de pájaro. Pero antes era mejor, cuando no había todas estas jaulas de cristal.

Poirot suspiró.

—*Tout de même*, no siempre resultaba agradable cuando el tiempo era lluvioso y el interior iba lleno. Y este es un país lluvioso.

—¿La lluvia? La lluvia nunca ha perjudicado a nadie.

—Está usted en un error. A menudo conduce a una *fluxion de poitrine*.

Despard sonrió.

—Ya veo que pertenece usted a la escuela de los que prefieren ir bien abrigados.

En efecto, el detective iba bien equipado contra cualquier traición que aquel día de octubre le pudiera deparar. Llevaba abrigo y bufanda.

—Es raro que nos hayamos encontrado aquí —añadió Despard.

No vio la sonrisa de Poirot que ocultó su bufanda. No había nada de casual en aquel encuentro. Después de calcular más o menos la hora en que Despard saldría a la calle, el detective lo había estado esperando. No se había arriesgado a subir al autobús en marcha, sino que había ido hasta la siguiente parada.

—Es verdad. No nos habíamos visto desde la noche en que cenamos en casa de Mr. Shaitana —replicó.

—¿Se ocupa usted de este asunto? —preguntó el joven con interés.

Poirot se rascó una oreja.

—Reflexiono. Reflexiono mucho. Nada de correr de aquí para allá y hacer indagaciones. Eso no cuadra con mi edad, mi temperamento y mi carácter.

—Reflexiona, ¿no es así? Bueno, podría hacer algo peor —opinó Despard inesperadamente—. En la actualidad se vive muy deprisa. Si la gente pensara un poco más las cosas antes de hacerlas, no habría tantos líos.

—¿Procede así en su vida, comandante?

—Es una de mis normas. Me oriento, calculo la ruta, sopeso los pros y los contras, tomo una decisión y me atengo a ella.

—Y después nada le hará cambiar de rumbo, ¿verdad?

—Yo no diría tanto. Ser tozudo no conduce a nada. Si se comete una equivocación, hay que reconocerlo.

—No obstante, creo que usted no comete equivocaciones muy a menudo.

—Todos las cometemos, monsieur Poirot.

—Algunos —dijo Poirot con cierta frialdad, debido sin duda a la generalización que había hecho el otro— cometemos menos que otros.

—¿No ha cometido usted nunca un error, monsieur Poirot?

—La última vez que me ocurrió fue hace veintiocho años —replicó el detective con dignidad—. Y aun entonces hubo ciertas circunstancias atenuantes. Pero eso no importa ahora.

—Parece un buen récord —comentó Despard—. ¿Qué me dice de la muerte de Shaitana? Supongo que eso no cuenta, puesto que oficialmente usted no se ocupa del asunto.

—No es asunto mío, no. Pero, de todos modos, ofende *mon amour propre*. Considero que es una impertinencia que cometa un asesinato ante mis propias narices alguien que se burla de mi habilidad para descubrirlo.

—No solo ante sus narices —dijo Despard con sequedad—, también ante las del Departamento de Investigación Criminal.

—Seguramente eso ha sido una equivocación fatal —comentó Poirot—. El honrado superintendente Battle puede parecer rudo, pero su cerebro no lo es ni mucho menos.

—Estoy de acuerdo con eso. Su aparente impasibilidad es una pose. Battle es un policía muy listo y eficiente.

—Según creo, Battle colabora activamente en el caso.

—Colabora bastante, desde luego. ¿Ve usted un individuo de aspecto marcial en uno de los asientos traseros?

Poirot miró por encima de su hombro.

—No hay nadie más que nosotros.

—Estará abajo. Nunca me pierde de vista. Es un chico

muy eficiente. También cambia de aspecto de vez en cuando. Tiene mucho talento.

—Eso no debe desanimarlo. Tiene usted un ojo rápido y certero.

—Nunca se me olvida una cara, aunque sea la de un negro, y eso es mucho más de lo que la mayoría de la gente puede decir.

—Es usted precisamente la persona que necesito. ¡Qué suerte haberle encontrado hoy! Necesito a alguien con buen ojo y una excelente memoria. *Malheureusement*, ambas cualidades pocas veces se dan juntas. He formulado una pregunta al doctor Roberts sin resultado alguno y lo mismo me ha ocurrido con madame Lorrimer. Probaré ahora con usted, a ver si consigo lo que quiero. Haga retroceder su pensamiento a la habitación donde jugó al *bridge* en casa de Mr. Shaitana y dígame lo que recuerde de ella.

Despard pareció quedarse perplejo.

—No le acabo de entender.

—Hágame una descripción de la sala: los muebles, los objetos que había en ella.

—No creo que le pueda ayudar mucho en este aspecto —dijo Despard lentamente—. Era una habitación horrible para mi gusto. No era propia de un hombre. Había una considerable cantidad de brocados, sedas y fruslerías, la clase de habitación apropiada para un individuo como Shaitana.

—Pero podría especificar...

El comandante negó con la cabeza.

—Me temo que no me fijé mucho. Tenía algunas alfombras excelentes. Dos de Bujará y tres o cuatro muy buenas, de Persia, incluyendo una de Hamadán y una de Tabriz. Una cabeza de ciervo bastante aceptable. No, estaba en el vestíbulo. De Rowland Ward, supongo.

—¿No creerá usted que el difunto Shaitana era de los que cazan animales salvajes?

—No era de esos. No disparaba contra nada si no era a caza parada, apostaría cualquier cosa. ¿Qué más había por allí? Siento mucho si le fallo, pero, en realidad, no puedo serle de mucha ayuda. También había cierta cantidad de cachivaches esparcidos por la habitación. Las mesas estaban llenas de ellos. Lo único en lo que me fijé fue en un ídolo bastante raro. Diría que era de la isla de Pascua, de madera barnizada. No se ven demasiados por aquí. También me llamaron la atención algunos objetos malayos. Me parece que no le podré ayudar mucho más.

—No importa —contestó Poirot con aspecto ligeramente abatido—. Mrs. Lorrimer tiene una memoria asombrosa para las cartas —agregó—. Me explicó las subastas y la forma en que se jugaron casi todas las manos. Algo pasmoso.

Despard se encogió de hombros.

—Algunas mujeres son así. Supongo que será debido a que se pasan todo el día jugando.

—Usted no podría hacerlo, ¿verdad?

—Solo recuerdo un par de manos. Una, cuando tenía juego de diamantes y Roberts me lo estropeó con sus faroles. Falló la subasta, pero no la habíamos doblado, mala suerte. Recuerdo también un «sin triunfo». Un asunto algo trapacero, no jugamos una carta a derechas. Fallamos un par de bazas y tuvimos suerte de no fallar más.

—¿Juega usted mucho al *bridge*?

—No, no soy un jugador habitual. No obstante, creo que es un juego interesante.

—¿Lo prefiere al póquer?

—Personalmente, sí. El póquer es demasiado impredecible.

—No creo que Shaitana practicara ningún juego; de cartas, quiero decir.

—Solo había un juego que Shaitana practicaba con destreza —dijo Despard con el entrecejo fruncido.

—¿Cuál?

—Un juego rastrero.

Poirot guardó silencio y después preguntó:

—¿Acaso sabe usted de qué se trata o solo se lo imagina?

Despard enrojeció violentamente.

—¿Se refiere a que no debe decirse nada sin demostrarlo con pelos y señales? Supongo que tendrá razón. Bueno, es bastante exacto. Sé de qué se trata, pero, por otra parte, no estoy dispuesto a dar esos pelos y señales. La información que poseo llegó hasta mí de forma confidencial.

—¿Quiere usted decir que se trata de una mujer o de varias?

—Sí. Shaitana, como el perro asqueroso que era, prefería tratar con mujeres.

—¿Cree usted que era un chantajista? Eso es interesante.

—No, no me ha entendido. En cierto aspecto, Shaitana era un chantajista, pero no de la clase vulgar y corriente. No perseguía el dinero. Era un chantajista espiritual, si es que puede existir algo así.

—¿Qué conseguía con ello?

—Que le dieran un buen puntapié. Es la única forma en que puedo expresarlo. Conseguía cierta emoción al ver cómo la gente se acobardaba y temblaba. Supongo que aquello le hacía sentirse menos canalla y más hombre. Se limitaba a insinuar que lo sabía todo y empezaba a contar cosas de las que quizá no estaba enterado. Esto halagaría su sentido del humor. Luego se pavoneaba por ahí con su mefistofélica actitud de: «Lo sé todo. ¡Soy el gran Shaitana!». ¡Ese tipo era un simio!

—Por lo tanto, opina usted que asustó a miss Meredith de esa forma —preguntó Poirot.

—¿A miss Meredith? —Despard lo miró fijamente—. No estaba pensando en ella. No es de las que se asustarían de un hombre como Shaitana.

—*Pardon*. ¿Se refería a Mrs. Lorrimer?

—No, no, no. No me ha entendido. Estaba hablando en

términos generales. No sería fácil asustar a Mrs. Lorrimer. No es de esas mujeres de las cuales puede uno pensar que tienen un secreto pecaminoso. No, no pensaba en nadie en particular.

—¿Se refería, entonces, al método general que empleaba?

—Exactamente.

—No hay duda de que lo que ustedes llaman un *dago* tiene a menudo una idea clara de lo que son las mujeres. Sabe cómo acercárseles y sonsacarles sus secretos.

Hizo una pausa.

Despard exclamó con impaciencia:

—Es absurdo. Ese individuo era un charlatán y no tenía nada de peligroso. Sin embargo, las mujeres le temían. ¡Ridículo!

Se levantó de pronto.

—¡Caramba! Me he pasado. Ha sido muy interesante todo lo que hemos discutido. Adiós, monsieur Poirot. Mire hacia abajo y verá cómo mi fiel sombra se apea del autobús detrás de mí.

Corrió por el pasillo, bajó la escalerilla y se oyó el timbre de solicitar parada. Pero, antes de que el conductor tuviera tiempo de parar el vehículo, se notaron dos sacudidas.

Poirot miró hacia la calle y vio como Despard se alejaba. No tuvo ninguna dificultad en localizar al que le seguía. Sin embargo, había algo más que le interesaba en aquel momento.

—Nadie en particular —murmuró para sí mismo—. Me extraña.

Capítulo 16
El testimonio de Elsie Batt

El sargento O'Connor era conocido por sus colegas de Scotland Yard con el malicioso apodo de «El sueño de las doncellas».

No cabía duda de que era un hombre apuesto en extremo. Alto, erguido, de anchos hombros. La regularidad de sus facciones, sin embargo, no lo hacía tan irresistible para el bello sexo como el brillo picaresco y atrevido de sus ojos. Era indudable que el sargento O'Connor conseguía magníficos resultados y, además, con rapidez.

Tan rápido era que, cuatro días después de que ocurriera el asesinato de Shaitana, estaba sentado en una localidad de tres chelines y seis peniques en el *Willy Nilly Revue* al lado de miss Elsie Batt, la única doncella que había tenido a su servicio Mrs. Craddock, del 117 de North Audley Street.

Después de haber preparado cuidadosamente el terreno, el sargento O'Connor estaba lanzando la gran ofensiva.

—Eso me recuerda —decía— la forma en que acostumbraba a llevarlo un jefe que tuve. Se llamaba Craddock. Era un poco pillo.

—¿Craddock? —preguntó Elsie—. Serví en cierta ocasión a unos Craddock.

—¡Qué curioso! A lo mejor eran los mismos.

—Vivían en North Audley Street.

—Los que yo digo vivían en Londres cuando los dejé

—aclaró O'Connor con presteza—. Sí, creo que luego vivieron en North Audley Street. Mrs. Craddock tenía un genio bastante raro.

Elsie negó con la cabeza.

—Me hacía perder la paciencia. Siempre encontraba fallos y protestaba por todo. Para ella, nada estaba bien hecho.

—Su marido también era víctima de sus destemplanzas, ¿verdad?

—Ella siempre se quejaba de que él no se preocupaba de ella, que no la entendía. Decía constantemente que tenía muy mala salud y, aunque protestaba, no estaba enferma, ni mucho menos.

—Eso es. ¿No hubo nada entre ella y cierto doctor? Algo gordo.

—¿Se refiere al doctor Roberts? Era un caballero muy amable.

—Las chicas son todas iguales —dijo el sargento—. En cuanto tropiezan con un pájaro de cuidado, no hay ninguna que no lo defienda. Yo conozco a esa clase de tipos.

—No, no los conoce. Está equivocado respecto a él. No hubo nada de lo que supone. ¿Tenía él la culpa de que Mrs. Craddock lo estuviera llamando constantemente? ¿Qué debe hacer un médico en esos casos? No pensaba en ella más que como en una paciente. Todo lo demás lo hacía la señora. No lo dejaba ni a sol ni a sombra.

—Todo esto está muy bien, Elsie. ¿No le importará que la llame Elsie? Parece como si la conociera de toda la vida.

—¡Pues no es así!

—Muy bien, miss Batt —dijo él lanzándole una rápida mirada—. Como le decía, todo esto está muy bien, pero el marido demostró su resentimiento, ¿no es así?

—Un día se puso bastante furioso —admitió Elsie—, pero entonces ya estaba enfermo. Murió poco después.

—Sí, lo recuerdo, murió de una enfermedad algo rara, ¿verdad?

—Era de origen japonés, producida por una brocha de afeitar que compró. Parece mentira que no tengan más cuidado, ¿no le parece? Desde entonces, no me he vuelto a encaprichar de ningún objeto japonés.

—«Compremos objetos ingleses», ese es mi lema —dijo O'Connor en tono sentencioso—. ¿Dice que se discutió con el médico?

Elsie asintió, gozando intensamente al revivir escándalos pasados.

—Se pusieron muy violentos. Por lo menos, el señor. El doctor Roberts se mantuvo siempre bastante tranquilo. Solo dijo: «Tonterías» y «¿Quién le ha metido eso en la cabeza?».

—Supongo que la discusión pasaría en casa.

—Sí. La señora llamó al médico. Luego ella y el señor tuvieron unas palabras. En estas llegó el doctor Roberts y el señor la tomó con él.

—¿Qué le dijo exactamente?

—Como es natural, ellos no sabían que yo estaba escuchando. Todo pasó en la habitación de la señora. Pensé que ocurría algo interesante y, por lo tanto, cogí la escoba y me puse a barrer la escalera. No quería perderme nada. Como le decía, el doctor Roberts no se alteró. El señor fue quien dio todos los gritos.

El sargento pensó en la suerte que había tenido al acercarse a Elsie de manera extraoficial. Si hubiera sido interrogada por O'Connor, a buen seguro la joven habría afirmado no haber oído nada en absoluto.

—¿Qué dijo? —preguntó el policía, acercándose por segunda vez al punto vital.

—Que le estaban engañando —comentó ella con fruición.

—¿Qué quiere decir?

141

Parecía que Elsie no iba a contar nunca qué dijo su patrón.

—No entendí algunas de las cosas que dijeron —admitió ella—. Gran cantidad de palabras largas: «conducta impropia de su profesión», «abuso de confianza» y cosas por el estilo. Oí decir al señor que iba a conseguir que expulsaran al doctor Roberts del Registro Médico, ¿se dice así? Dijo algo parecido.

—Se quejaría al Colegio de Médicos.

—Sí, algo así. Entonces la señora se puso nerviosa y dijo: «No te preocupas por mí, no te importo nada. Me dejas sola». Y añadió que el doctor había sido un ángel de bondad con ella. Luego, el doctor entró en el tocador acompañado por el señor y cerró la puerta del dormitorio. Oí perfectamente cómo decía: «Pero, mi querido amigo, ¿no se da cuenta de que su esposa es una neurótica? No sabe lo que dice. Si debo confesarle la verdad, este caso es muy difícil y ya hace tiempo que lo habría dejado si no hubiera pensado que eso era...», dijo una palabra rara. Ah, sí: «incompatible», eso es, «incompatible con mi deber». Tal vez fue eso lo que le dijo. También se refirió a no pasarse de los límites, algo de la relación entre un médico y su paciente.

»Logró que el señor se apaciguara un poco y luego le advirtió: "Llegaré tarde a trabajar. Será mejor que me vaya. Piense las cosas con tranquilidad y creo que se dará cuenta de que el asunto en sí no tiene pies ni cabeza. Me lavaré las manos antes de marcharme. Recapacite sobre esto, amigo mío. Le puedo asegurar que todo es producto de la imaginación desordenada de su esposa". Y el señor contestó: "No sé qué pensar". Salió del tocador y entonces yo estaba barriendo con toda mi alma, pero no se enteró de mi presencia. Según pensé después, tenía aspecto de enfermo. El doctor, entretanto, silbaba alegremente mientras se lavaba las manos. Poco después, salió llevando su maletín y habló conmigo amable y tranquilamente, como siempre hacía.

Bajó las escaleras tan contento como de costumbre. Por eso estoy segura de que no hizo nada que pudiera censurársele. Fue cosa de ella.

—¿Y luego Craddock enfermó de ántrax?

—Sí. Yo creo que por entonces ya estaba enfermo. La señora lo cuidó con mucho afecto, pero murió. En el entierro hubo unas coronas muy bonitas.

—¿El doctor Roberts volvió después por la casa?

—No, no volvió. Parecía como si le tuviera rencor por algo. Ya le he dicho que no hubo nada, pues de no ser así se hubiera casado después con la señora, ¿no le parece? Pero no lo hizo, no fue tan tonto. Sabía de qué pie cojeaba. La señora lo telefoneaba a menudo, pero siempre daba la casualidad de que él no estaba. Poco después, la señora vendió todo lo que tenía, despidió al servicio y se marchó a Egipto.

—¿No vio usted al doctor Roberts durante todo este tiempo?

—No. La señora sí le vio, porque fue a su consulta para que le pusiera la..., ¿cómo se llama? Ah, sí, la vacuna contra el tifus. Cuando volvió a casa le dolía mucho el brazo. Si le digo la verdad, creo que él le expuso claramente que no había nada que hacer. Ella no le volvió a telefonear. Se compró una serie de vestidos muy bonitos, de colores claros, aunque estábamos a mitad de invierno, porque, según dijo, debía de hacer mucho calor en Egipto.

—Así es. Dicen que algunas veces hace demasiado calor. Supongo que sabrá que su señora murió.

—No, ¿de veras? No lo sabía. ¡Quién lo iba a imaginar! La pobrecita debía de estar más enferma de lo que yo creía. Quisiera saber qué habrán hecho con aquellos vestidos tan bonitos. Los negros no pueden ponérselos.

—Me imagino que habría estado usted estupenda con ellos.

—¡Descarado!

—Está bien, no tendrá que soportar mis descaros mucho más. Tengo que marcharme en viaje de negocios por cuenta de la firma en la que trabajo.

—¿Por mucho tiempo?

—Tal vez tenga que irme al extranjero.

La cara de Elsie se alargó.

Aunque la muchacha no conocía el famoso poema de lord Byron «Nunca amé a una preciosa gacela...», estos sentimientos eran entonces los de ella.

La joven pensó: «Hay que ver cómo los chicos verdaderamente atractivos no llegan nunca a decidirse. Bueno, todavía me queda Fred». Lo cual era consolador, porque demostraba que la repentina incursión del sargento en la vida de Elsie no la había afectado profundamente. ¡Fred todavía podía ser el ganador!

Capítulo 17
El testimonio
de Rhoda Dawes

Rhoda Dawes salió de Debenham y se detuvo pensativa en la acera. La indecisión se reflejaba en su rostro. Cualquier fugaz emoción se hacía patente en este con un rápido cambio de expresión. En aquel momento, el rostro de Rhoda Dawes parecía decir: «¿Debo hacerlo o no? Me gustaría, pero tal vez sea mejor que no».

—¿Taxi, señorita? —le preguntó el portero.

Rhoda negó con la cabeza.

Una voluminosa señora cargada de paquetes, con el aspecto de quien se apresura a efectuar las compras navideñas, chocó con fuerza contra la muchacha, pero esta no se movió, tratando todavía de tomar una decisión.

Una revuelta confusión de ideas cruzaba por su pensamiento: «Después de todo, ¿por qué no debería de hacerlo? Ella me dijo que fuera, aunque tal vez se lo diga a todo el mundo, creyendo que no se lo tomarán en serio. Bueno, al fin y al cabo, Anne no me necesita. Demostró bien a las claras que quería ir a ver a ese abogado sin que la acompañara nadie más que el comandante Despard. ¿Por qué no? Tres son multitud. Además, en realidad, no es un asunto que me incumba. No es lo mismo que si yo deseara ver al comandante Despard. Es muy amable, aunque creo que debe de haberse enamorado de Anne. Los hombres no se toman tantas molestias, a no ser que haya algo más que amabilidad».

Un botones que pasaba le dio un empujón a Rhoda.

—Perdone, señorita —dijo en tono de reproche.

«Dios mío —pensó la joven—. No puedo estar aquí parada todo el día. Solo porque soy una tonta que no puede tomar una decisión. Creo que esta chaqueta y esta falda me sientan muy bien. ¿No habría estado mejor el castaño que el verde? No, no lo creo. Bueno, vamos, ¿debo ir o no? Las tres y media es una buena hora, no es como si quisiera que me invitaran a comer. De todos modos, iré a dar un vistazo.»

Cruzó la calle, torció a la derecha, luego a la izquierda y entró en Harley Street. Se detuvo ante el edificio que describía con alegría Mrs. Oliver como «rodeado todo él de sanatorios».

«Bueno, no me comerá», pensó Rhoda, y entró valientemente en la casa.

El piso de Mrs. Oliver era el último. El portero la acompañó hasta el ascensor. Al salir del elevador, solo tuvo que caminar unos pasos para llegar a la puerta, pintada de brillante color verde.

«Esto es horrible —pensó la muchacha—. Peor que el dentista. Pero debo animarme y acabar de una vez.»

Con la cara sonrosada por la turbación, tocó el timbre.

Una criada de bastante edad le abrió la puerta.

—¿Está..., podría..., está Mrs. Oliver en casa? —preguntó Rhoda.

La criada se apartó para que la joven pasara y la condujo hasta un salón donde reinaba el desorden.

—¿A quién debo anunciar?

—Oh..., ejem..., a miss Dawes..., a miss Rhoda Dawes.

La mujer salió y, al cabo de lo que a la visitante se le antojaron cien años, pero que en realidad fueron exactamente un minuto y cuarenta y cinco segundos, volvió a entrar.

—¿Quiere pasar por aquí, señorita?

Más sonrojada todavía, Rhoda la siguió. Recorrieron un

pasillo, dieron la vuelta a un recodo y la mujer le abrió una puerta. La joven entró con paso nervioso en lo que, a primera vista, le pareció una selva africana.

Pájaros, gran cantidad de pájaros: loros, guacamayos, aves desconocidas por la ornitología desparramadas por lo que parecía ser un bosque en primavera. En medio de aquel cúmulo de pájaros y plantas, Rhoda vio una deteriorada mesa de cocina y sobre ella una máquina de escribir. El suelo estaba cubierto por una considerable profusión de hojas escritas. Mrs. Oliver, con el pelo revuelto, se levantó de una silla desvencijada.

—¡Querida amiga! ¡Qué alegría volverla a ver! —dijo la escritora extendiendo una mano manchada de carboncillo, mientras con la otra trataba de alisarse el pelo.

Dio un codazo a una bolsa de papel que cayó al suelo y, al romperse, desparramó todo su cargamento de manzanas por el suelo.

—No se preocupe. Alguien se encargará de recogerlas.

Rhoda se levantó, casi sin aliento, con cinco manzanas en las manos.

—Muchas gracias. No las vuelva a poner en la bolsa de papel porque creo que se ha roto. Póngalas en la repisa de la chimenea. Ahora, sentémonos y hablemos.

Rhoda aceptó otra silla, bastante estropeada, y miró a la novelista.

—Lo siento de veras. ¿La he interrumpido?

—Más o menos. Como puede ver, estoy trabajando. Pero mi temible finlandés se ha metido en un lío tremendo. Hizo una deducción agudísima sobre un plato de judías tiernas y ahora acaba de descubrir un veneno activísimo en el relleno de salvia y cebolla del ganso que se come por San Miguel. Pero entonces he recordado que no hay judías por esas fechas.

Entusiasmada por este atisbo de las interioridades del mundo de la novela policíaca, Rhoda observó con interés:

—Podrían ser judías en conserva.

—Desde luego —dijo Mrs. Oliver con aspecto dubitativo—. Pero se estropearía el efecto. Siempre me confundo con la horticultura y con temas similares. La gente me escribe para decirme que he puesto juntas diversas clases de flores que se dan en distintas épocas del año. Como si eso importara mucho... Además, se ven todas juntas en cualquier floristería de Londres.

—Claro que no importa —comentó Rhoda con toda la buena fe—. Oh, Mrs. Oliver, escribir novelas debe de ser maravilloso.

La mujer se rascó la frente con un dedo tiznado.

—¿Por qué?

—Porque tiene que serlo. —Rhoda pareció desconcertarse—. Debe de ser estupendo sentarse y escribir un libro entero.

—La cosa no ocurre exactamente así —objetó la novelista—. Ya sabe usted que antes hay que pensar el asunto, y pensar siempre resulta aburrido. Además, se tiene que plantear la trama y luego se atasca una repetidas veces y piensa que jamás podrá salir de tal enredo, ¡pero sale! Escribir no es muy divertido que digamos. Resulta un trabajo tan pesado como cualquier otro.

—No parece que lo sea.

—A usted no, puesto que no lo tiene que hacer. Pero a mí sí me lo parece. Algunos días no puedo hacer más que repetirme una y otra vez la cantidad de dinero que sacaré por los derechos de mi próxima obra. Esto me espolea. Y lo mismo ocurre con la cuenta del banco, cuando se ve que el importe de los cheques firmados es superior al saldo disponible.

—Nunca creí que mecanografiara usted misma sus novelas —dijo la joven—. Pensé que tendría una secretaria.

—Tuve una a la que acostumbraba a dictar, pero era tan competente que me deprimía. Me dio la impresión de que

148

sabía mucho más que yo del idioma, de la gramática, de los puntos y comas. Aquello me hizo sentir una especie de complejo de inferioridad. Después empleé a otra que era una calamidad, aunque, como era de esperar, tampoco dio resultado.

—Debe de ser estupendo sentirse capaz de imaginar historias.

—Eso para mí resulta fácil —dijo Mrs. Oliver alegremente—. Lo pesado es escribirlas. Cuando pienso que ya he terminado, miro lo que he hecho y entonces me doy cuenta de que solo he escrito treinta mil palabras en lugar de sesenta mil. Por lo tanto, no me queda más remedio que introducir un nuevo asesinato en la obra y hacer que rapten a la heroína por segunda vez. Resulta muy aburrido.

Rhoda no replicó. Estaba mirando a su interlocutora con la reverencia que siente la juventud hacia las celebridades, ligeramente matizada esta vez por la desilusión.

—¿Le gusta el papel de las paredes? —preguntó la escritora haciendo un amplio ademán—. Estoy loca por los pájaros. El follaje se supone que es tropical. Me hace sentir como si el día fuera caluroso, aunque en el exterior esté helando. No puedo hacer nada a menos que me sienta bien caliente. Pero el pobre Sven Hjerson tiene que romper el hielo de su baño cada mañana.

—Creo que todo está muy bien. Ha sido usted muy amable al decir que no la he interrumpido.

—Tomaremos café y tostadas. Café muy cargado y tostadas bien calientes. Las como a cualquier hora.

Fue hacia la puerta, la abrió y dio unas voces. Luego volvió y dijo:

—¿Qué la ha traído a la ciudad? ¿Ha estado de compras acaso?

—Sí, he comprado algunas cosillas.

—¿Ha venido también miss Meredith?

—Sí, ha ido con el comandante Despard a visitar a un abogado.

—¿Un abogado?

Las cejas de Mrs. Oliver se levantaron interrogantes.

—Sí. El comandante le sugirió que debía contratar a uno. Ha sido amabilísimo.

—Yo también fui amable, pero no parece que le hiciera mucho efecto, ¿verdad? Realmente, creo que su amiga se enfadó un tanto por mi visita.

—No se enfadó, se lo aseguro. —Rhoda se movió en la silla, un tanto avergonzada—. Esa es precisamente la razón de que yo haya venido hoy: para darle una explicación. Me di cuenta de que no comprendía usted lo que pasó. Anne pareció poco amable, pero no fue por aquello... por su llegada, quiero decir. Fue por algo que usted dijo.

—¿Algo que yo dije?

—Sí. Usted no se fijó en ello, fue una lástima.

—¿Qué dije?

—Supongo que no lo recordará. Fue la forma en que lo dijo. Se refirió usted a la cuestión de un accidente, a un veneno.

—¿De veras?

—Estaba segura de que no lo recordaría. Sí, Anne tuvo un incidente muy desagradable en cierta ocasión. Estaba trabajando en una casa cuando su señora tomó un veneno... Creo que tomó tinte para los sombreros por equivocación. Murió, y aquello fue un duro golpe para mi amiga. No puede soportar su recuerdo ni quiere que le hablen de ello. Al decir usted aquello, se lo recordó y, como es natural, se volvió áspera, rígida y extraña. Vi que usted se daba cuenta, pero no podía decir nada delante de Anne, aunque deseaba que usted supiese que no era lo que suponía. No fue ingrata.

Mrs. Oliver miró la cara sonrojada y anhelante de Rhoda.

—Comprendo.

—Anne es terriblemente sensible —prosiguió la muchacha—. No sirve para..., bueno, para hacer frente a las cosas. Si algo la trastorna, puede estar segura de que no querrá hablar de ello, aunque esto no conduce a nada bueno en realidad, por lo menos así lo creo yo. Las cosas siguen siendo iguales, tanto si se habla de ellas como si no. Relegarlas, pretendiendo que no existen, es una tontería. Prefiero tenerlas siempre presentes, por doloroso que sea.

—¡Ah! Es que usted tiene un espíritu luchador y Anne no.

—Anne es una buena chica.

—No he dicho que no lo fuera. Me refería a que ella no tiene el mismo coraje que usted.

Dio un suspiro y luego, inesperadamente, preguntó:

—¿Cree usted en el valor de la verdad o no cree en él?

—¡Claro que creo en la verdad! —contestó Rhoda, mirándola fijamente.

—Sí, dice usted eso, pero quizá no lo ha pensado bien. La verdad ofende muchas veces y destruye las ilusiones.

—Lo he pensado, pero no me importa.

—Lo mismo me pasa a mí. Aunque no creo que tengamos razón.

—No le diga a Anne lo que le acabo de contar —le rogó la joven—, ¿sí? A ella no le gustaría.

—No he pensado ni por un segundo en hacer algo así. ¿Hace mucho que ocurrió ese incidente?

—Cerca de cuatro años. Es raro cómo las mismas cosas le pasan a una persona repetidamente, ¿no es cierto? Yo tenía una tía que se vio envuelta en varios naufragios. Y la pobre Anne se ha visto ya mezclada en dos muertes repentinas, aunque, desde luego, la segunda ha sido mucho peor. El asesinato es algo horrible, ¿no le parece?

—Sí, lo es.

En aquel momento trajeron café y tostadas con mantequilla.

Rhoda comió y bebió con infantil satisfacción. Le resultaba muy emocionante estar compartiendo una comida íntima con una celebridad.

Cuando terminaron, la joven se levantó.

—Espero no haberla molestado mucho. ¿Tendría inconveniente..., quiero decir, si no le molestaría que le enviara uno de sus libros para que me lo dedicase?

—Puedo hacer algo mucho mejor —anunció la escritora. Abrió un armario que había al fondo de la habitación—. ¿Cuál le gusta más? Yo prefiero *El caso de la segunda carpa dorada*. No es tan malo como el resto.

Un tanto sorprendida al oír cómo hablaba una autora de los hijos de su ingenio, Rhoda aceptó con avidez. Mrs. Oliver cogió el libro, escribió su nombre con grandes y floridos arabescos y se lo entregó a la joven.

—Aquí lo tiene.

—Muchísimas gracias. Lo he pasado muy bien. ¿De veras no le ha molestado mi visita?

—Estaba deseando que viniera. Es usted una buena chica. Adiós. Y cuídese mucho.

«¡Vaya! ¿Por qué le habré dicho eso?», se preguntó cuando cerró la puerta una vez que la joven hubo salido de la habitación.

Negó con la cabeza, se revolvió el pelo todavía más y volvió a las magistrales especulaciones de Sven Hjerson ante el relleno de salvia y cebolla.

Capítulo 18
Té en el entreacto

Mrs. Lorrimer salió de una de las casas de Harley Street. Se detuvo en lo alto de la escalinata y luego la bajó lentamente. Había una rara expresión en su rostro, una mezcla de resolución e indecisión. Frunció el entrecejo como si se concentrase en resolver un profundo problema.

Fue justo entonces cuando vio a Anne Meredith en la acera de enfrente.

La muchacha estaba contemplando un gran edificio que hacía esquina.

Mrs. Lorrimer titubeó un instante y luego cruzó la calzada.

—¿Cómo está usted, miss Meredith?

Anne hizo un movimiento de sorpresa.

—Oh. ¿Cómo está usted?

—¿Todavía en Londres? —preguntó la mujer.

—No. Solo he venido a pasar el día. Tenía que despachar un asunto con mi abogado.

Sus ojos se desviaban todavía hacia el edificio que había estado mirando unos segundos antes.

—¿Le ocurre algo? —preguntó de nuevo miss Lorrimer.

Anne se estremeció.

—¿Algo? No. ¿Qué podría pasarme?

—Estaba mirando como si pensara en algo.

—Pues no pensaba en nada. Bueno, en realidad, sí estaba pensando, pero en algo sin importancia, algo completamente estúpido. —La muchacha se rio—. Por un instante he creído ver a mi amiga, la que vive conmigo, entrar en esa casa, y me preguntaba si habría venido a visitar a Mrs. Oliver.

—¿Vive aquí Mrs. Oliver? No lo sabía.

—Sí. Vino a vernos el otro día, nos dio su dirección y nos dijo que viniéramos a visitarla. Quisiera saber si era Rhoda a quien he visto entrar.

—¿Quiere subir y comprobarlo?

—No, no hace falta.

—Venga a tomar el té conmigo —invitó Mrs. Lorrimer—. Conozco un buen establecimiento cerca de aquí.

—Es usted muy amable —dijo Anne, titubeando.

Entraron en un callejón donde había un pequeño salón de té. Pidieron té con pastas.

No hablaron demasiado. Cada una de ellas parecía encontrar alivio en el silencio de la otra.

—¿Ha ido a verla Mrs. Oliver? —le preguntó Anne de pronto.

—Nadie me ha visitado, excepto monsieur Poirot.

—No quería referirme a... —empezó Anne.

—¿De veras? Creí que quería saber eso.

La muchacha le dirigió una rápida y asustada mirada. Vio algo en la cara de Mrs. Lorrimer que pareció tranquilizarla.

—Pues a mí ese caballero no ha venido a verme —dijo lentamente.

—¿No la ha visitado el superintendente Battle? —preguntó la dama a la joven.

—Sí, desde luego.

—¿Qué le preguntó?

—Supongo que me hizo las preguntas corrientes en estos casos. Pura rutina. Fue muy agradable.

—Eso creo yo también.

Se produjo otra pausa.

—Mrs. Lorrimer, ¿cree usted que llegarán a encontrar al culpable?

Tenía los ojos fijos en la taza. No pudo ver la extraña expresión que apareció en los ojos de la mujer al mirar su cabeza inclinada.

—No lo sé.

—No es una situación agradable, ¿verdad?

El rostro de Mrs. Lorrimer volvió a reflejar la misma expresión curiosa y a la vez comprensiva cuando le preguntó:

—¿Cuántos años tiene usted, Anne?

—Yo..., yo... —la joven tartamudeó— tengo veinticinco años.

—Yo tengo sesenta y tres. Tiene usted por delante la mayor parte de su vida.

Anne se estremeció.

—Podría atropellarme un autobús al volver a casa.

—Sí, es verdad, y a mí. O puede que no.

Anne la miró sorprendida por el tono.

—La vida es un negocio muy difícil —agregó Mrs. Lorrimer—. Lo sabrá cuando llegue a mi edad. Requiere una considerable cantidad de coraje y otro tanto de resistencia. Al final, una se pregunta: «¿Valía la pena?».

—¡Oh, no! —exclamó Anne.

Mrs. Lorrimer se rio con su acostumbrada suficiencia y aplomo.

—Resulta vulgar decir cosas tristes de la vida —comentó.

Llamó a la camarera y pagó la cuenta.

Cuando salían, pasaba un taxi libre y Mrs. Lorrimer lo detuvo.

—¿Puedo llevarla a algún sitio? Voy a la parte sur del parque.

—No, muchas gracias. Mi amiga acaba de doblar la esquina. Muchísimas gracias, Mrs. Lorrimer. Adiós.

—Adiós y buena suerte.

El taxi arrancó y Anne echó a andar precipitadamente hacia el otro lado.

Rhoda pareció alegrarse cuando vio a su amiga, pero luego adoptó una ligera expresión de culpabilidad.

—Rhoda, ¿has ido a ver a Mrs. Oliver?

—Sí, he estado en su casa.

—Te he pillado.

—No sé a qué te refieres con eso de que me has pillado. Vamos a coger el autobús. Por lo visto, has acabado mal con tu amigo. Creí que, por lo menos, te habría invitado a tomar el té.

Anne guardó silencio durante un rato. Una voz resonaba en sus oídos: «¿Podríamos recoger a su amiga para tomar el té juntos?». Y su respuesta, rápida, sin tiempo para pensar: «Muchas gracias, pero tenemos que ir a tomarlo con unos amigos».

Una mentira, una mentira tonta. La estúpida manera en la que una decía lo primero que le venía a la cabeza sin pararse ni un instante a reflexionar. Habría sido muy fácil decir: «Gracias, pero mi amiga debe de haberlo tomado ya». Eso en el caso de que no quisiera que Rhoda fuese con ellos, como así sucedía.

A ella misma le extrañaba la forma en que aborrecía la presencia de Rhoda. Había deseado, en definitiva, tener a Despard para ella sola. Había sentido celos: celos de Rhoda. De Rhoda, tan ingeniosa, tan dispuesta a la conversación, tan llena de entusiasmo y de vida. La otra noche parecía que Despard se había fijado mucho en Rhoda. Sin embargo, era a ella a quien el joven había ido a visitar. Rhoda era así. Sin proponérselo, la dejaba a una en un segundo plano. No, definitivamente, no había querido que Rhoda los acompañara.

Pero había actuado como una estúpida poniéndose nerviosa de aquel modo. Si se las hubiera apañado mejor, a estas horas estaría tomando el té con Despard en su club o en cualquier otro sitio.

Se sentía molesta con Rhoda. Era un estorbo. ¿Por qué había ido a visitar a Mrs. Oliver?

—¿Por qué has ido a ver a Mrs. Oliver?

—Nos dijo que fuéramos.

—Sí, pero no creí que lo dijera en serio. Supongo que siempre lo dice.

—Pues hablaba en serio. Ha sido muy amable, no podría haberlo sido más. Me ha regalado una de sus novelas. Mira.

Rhoda le mostró su trofeo.

—¿De qué habéis hablado? ¿No sería de mí? —preguntó Anne con suspicacia.

—¡Menuda presunción tiene esta chica!

—Nada de eso. ¿Habéis hablado de mí? ¿Habéis hablado del asesinato?

—Hemos hablado sobre los asesinatos. Está escribiendo sobre uno en el que el veneno está diseminado en un relleno de salvia y cebolla. Es asombrosamente humana. Dice que escribir es un trabajo pesadísimo y me ha contado cómo se mete muchas veces en unos embrollos terribles al planear la trama de sus novelas. Hemos tomado café y tostadas con mantequilla —terminó Rhoda en tono triunfal. Después preguntó—: Querrás tomar el té, ¿verdad?

—No. Ya lo he tomado. Me ha invitado Mrs. Lorrimer.

—¿Mrs. Lorrimer? ¿No es la que estaba... allí?

Anne asintió.

—¿Dónde la has encontrado? ¿Has ido a verla?

—No. Me la he encontrado en Harley Street.

—¿Qué aspecto tenía?

—No sé qué decirte. Ha estado algo rara. No parecía la de la otra noche.

—¿Sigues creyendo que lo hizo ella? —preguntó Rhoda.

Su amiga permaneció silenciosa y luego dijo:

—No lo sé. ¡No hablemos más de esto, Rhoda! Ya sabes cómo aborrezco hablar de estas cosas.

—Está bien. ¿Qué tal es el abogado? ¿Muy seco y lega-lista?

—Es de aspecto altivo.

—Suena bastante bien —opinó Rhoda. Esperó un momento y después preguntó—: ¿Cómo se ha portado el comandante Despard?

—Ha sido muy amable.

—Se ha enamorado de ti, Anne, estoy segura.

—No digas tonterías, Rhoda.

—Bueno, ya lo verás.

Rhoda empezó a canturrear por lo bajo mientras pensaba: «Está enamorado de ella, desde luego. Anne es muy bonita, pero un poco sosa. Nunca lo acompañará en sus viajes. ¿Y cómo podría hacerlo si estoy segura de que chillaría ante una serpiente? Los hombres siempre se vuelven locos por las mujeres menos indicadas para ellos».

—Ese autobús nos llevará a Paddington —dijo en voz alta—. Tenemos el tiempo justo para tomar el tren de las cuatro cuarenta y ocho.

Capítulo 19
Deliberación

Sonó el teléfono en la habitación de Poirot y una voz respetuosa dijo:

—Soy el sargento O'Connor. El superintendente Battle le manda un saludo y desea saber si monsieur Hércules Poirot tendría inconveniente en pasar por Scotland Yard a las once y media.

Poirot contestó afirmativamente y el sargento colgó.

Faltaba un minuto para las once y media cuando el detective descendió de un taxi frente a la puerta de Scotland Yard y se dio de bruces con Mrs. Oliver.

—Monsieur Poirot. ¡Qué estupendo! ¿Quiere ayudarme?

—*Enchanté*, madame. ¿En qué puedo servirle?

—Págueme el taxi. No sé lo que me ha pasado, he cogido el monedero donde llevo el dinero de cuando viajo por el extranjero y el taxista se ha empeñado en no admitir ni francos, ni liras ni marcos.

Poirot sacó galantemente unas monedas y luego entró en el edificio junto a la escritora.

Los condujeron al despacho del superintendente. El aspecto del policía era más rudo que nunca. «Igual que una escultura moderna», murmuró Mrs. Oliver al oído de Poirot.

Battle se levantó, estrechó la mano de sus visitantes y los invitó a sentarse.

—He considerado que ya era hora de que tuviéramos un intercambio de impresiones. Les gustará saber lo que he averiguado y a mí me encantará enterarme de los progresos que han hecho ustedes. Esperaremos hasta que llegue el coronel Race y luego...

En aquel momento, se abrió la puerta y entró el coronel.

—Siento haberme retrasado, Battle. ¿Cómo está usted, Mrs. Oliver? Hola, Poirot. Siento haberlos hecho esperar, pero me marcho mañana y tengo un sinfín de cosas que hacer.

—¿Adónde va? —quiso saber Mrs. Oliver.

—A una pequeña expedición de caza en Beluchistán.

Poirot comentó, mientras sonreía irónicamente:

—Hay unos cuantos conflictos por esa parte del mundo, ¿verdad? Tenga cuidado.

—No se preocupe —replicó Race muy serio, aunque su mirada era divertida.

—¿Ha conseguido algo? —preguntó Battle.

—He reunido la información relativa a Despard. Aquí la tiene. —Sacó un fajo de papeles—. Hay un revoltijo de fechas y lugares. Muchos de esos datos no tienen ninguna importancia, según creo. No hay nada contra él. Es un joven intrépido. Sus antecedentes no tienen ni una mancha. Le gusta la disciplina a rajatabla. Los nativos lo aprecian y respetan en todos los sitios. Uno de los nombres que le dan en África, adonde Despard va con mucha frecuencia, es «El hombre que calla y juzga imparcialmente». Los de raza blanca opinan que, por lo general, es un «Pukka Sahib». Es un buen tirador, con nervio y sangre fría, sagaz y digno de confianza.

Sin conmoverse por estos elogios, Battle preguntó:

—¿No hay muertes violentas relacionadas con él?

—He dedicado especial atención a este punto. Existe un hecho a su favor: uno de sus compañeros fue atacado por un león y él lo rescató.

—Los rescates no me interesan.

—Es usted un hombre perseverante, Battle. Solo he podido enterarme de un incidente que quizá cuadre con lo que busca. En un viaje al interior de Sudamérica acompañaron a Despard el profesor Luxmore, célebre botánico, y su esposa. El profesor murió de fiebres y fue enterrado en la zona del Alto Amazonas.

—Fiebres..., ¿seguro?

—Fiebres. Pero voy a jugar limpio con usted. Uno de los porteadores nativos (que, por cierto, fue despedido por ladrón) propagó la historia de que el profesor no murió de fiebres, sino de un tiro. Este rumor no fue tomado nunca en serio.

—Tal vez sea ahora la ocasión de hacerlo.

Race negó con la cabeza.

—Le he proporcionado los hechos. Quería usted conocerlos y de ellos tendrá que ocuparse, pero por mi parte tengo la impresión de que Despard no fue el autor del trabajito de la otra noche. Es un hombre íntegro, Battle.

—¿Quiere decir con eso que es incapaz de cometer un asesinato?

—De realizar lo que yo llamo un asesinato, sí, desde luego.

—Pero no de matar a un hombre, basándose en lo que para él pudieran ser buenas y suficientes razones, ¿verdad?

—De ser así, tendrían que ser muy buenos dichos motivos.

—No se puede permitir que un ser humano juzgue a un semejante y se tome la justicia por su mano.

—Pero eso ocurre, Battle, a veces ocurre.

—Pues no debería ocurrir, ese es mi criterio. ¿Qué dice usted, monsieur Poirot?

—Estoy de acuerdo con usted, Battle. Nunca he aprobado el asesinato.

—¡Qué forma más rara de tratar el asunto! —exclamó Mrs. Oliver—. Como si se hablase de cazar zorros o matar

161

pájaros. ¿No cree usted que hay personas a las que debería asesinarse?

—Posiblemente.

—Entonces, ¿qué?

—No me ha comprendido. No es la víctima lo que tanto me interesa. Es el efecto sobre el carácter del homicida.

—¿Qué me dice de la guerra?

—En la guerra, uno no ejerce el derecho a juzgar por sí mismo. Ahí está precisamente el peligro. Desde el momento en que un hombre está imbuido por la idea de que sabe a quién debe permitírsele vivir y a quién no, tiene la mitad del camino recorrido para convertirse en el peor de los asesinos. Es decir, el criminal arrogante que no mata en provecho propio, sino por una idea. Usurpa las funciones de *le bon Dieu*.

El coronel Race se levantó.

—Siento no poder quedarme con ustedes, tengo mucho que hacer. Me gustaría ver en qué acaba todo esto, pero no me sorprendería que no se llegue nunca a la solución. Aunque descubran quién lo hizo, les va a ser muy difícil probarlo. Le he proporcionado lo que necesitaba, superintendente, pero, en mi opinión, Despard no es el culpable. No creo que haya cometido jamás un asesinato. Shaitana pudo haber oído algún rumor sobre la muerte del profesor Luxmore, aunque no creo que supiera mucho más. Despard es un hombre íntegro y estoy seguro de que nunca ha sido un asesino. Esa es mi opinión, y que conste que conozco bien a los hombres.

—¿Qué tal es Mrs. Luxmore? —preguntó Battle.

—Vive en Londres y, por lo tanto, puede verla usted mismo. Encontrará su dirección en estos papeles. Vive por South Kensington. Pero les repito que Despard no es el culpable.

Race salió del despacho con el paso elástico y silencioso de un cazador.

Cuando se cerró la puerta, Battle hizo un gesto afirmativo.

—Probablemente tiene razón. Race conoce bien a los hombres. Pero, de todas formas, no puede darse nada por sentado.

Empezó a hojear el fajo de documentos que Race había dejado sobre su mesa y, de vez en cuando, hacía unas anotaciones en un bloc que tenía a su lado.

—Bien, superintendente —dijo Mrs. Oliver—, ¿va a decirnos de una vez qué es lo que ha descubierto?

Battle levantó la mirada y sonrió. Una sonrisa lenta que arrugó su cara.

—Esto que estamos haciendo es muy irregular, Mrs. Oliver. Imagino que se dará cuenta de ello.

—Tonterías. Jamás he pensado que nos fuera a contar algo que usted no quisiera que supiéramos.

—No —dijo Battle con decisión—. Las cartas sobre la mesa. Ese debe ser el lema de este asunto. Quiero decir que debemos jugar limpio.

Mrs. Oliver acercó la silla en que estaba sentada.

—Hable.

El superintendente empezó a hablar con voz pausada.

—Antes que nada, tengo que reconocer algo: no tengo ni la más mínima idea de quién pudo ser el asesino de Mr. Shaitana. No existe ni un indicio, ni una pista de cualquier clase entre los papeles de la víctima. Respecto a los cuatro sospechosos, he hecho que los siguieran, como es natural, aunque sin ningún resultado positivo. Era de esperar. Como dice monsieur Poirot, solo hay una esperanza: el pasado. Descubramos cuál fue exactamente el crimen (si es que hubo alguno, pues, al fin y al cabo, Shaitana pudo estar fanfarroneando para impresionar a Poirot) que cometió cada una de esas cuatro personas y les diré quién fue el autor del asesinato.

—¿Ha descubierto usted algo?

—Estoy sobre la pista de uno de ellos.

—¿Cuál?

—El doctor Roberts.

Mrs. Oliver lo miró con emoción.

—Como sabe monsieur Poirot, he ensayado toda clase de teorías y he establecido de forma clara que ninguno de sus familiares inmediatos murió repentinamente. Exploré lo mejor que pude una sola posibilidad; más bien, una posibilidad ajena a la cuestión. Hace unos pocos años, el doctor Roberts pudo haber sido culpable de imprudencia, por lo menos con respecto a una de sus pacientes. Tal vez en el fondo no hubo nada y, posiblemente, así fue. Pero la señora tenía uno de esos temperamentos emotivos y nerviosos que gustan de organizar escenas. Por otra parte, o el marido se enteró de lo que pasaba o su mujer «confesó». De todas formas, y por lo que se refiere al doctor, podía considerarse que el asunto se ponía feo. El encolerizado marido lo amenazó con denunciarle al Colegio de Médicos, lo que habría supuesto el fin de su carrera profesional.

—¿Qué pasó? —preguntó Mrs. Oliver casi sin aliento.

—Al parecer, Roberts procuró calmar al enfurecido caballero, al menos temporalmente, y este murió de ántrax casi inmediatamente después.

—¿Ántrax? Pero ¿esa no es una enfermedad del ganado?

—Eso es, Mrs. Oliver. No fue uno de esos venenos sutiles que emplean los indios de América del sur para emponzoñar sus flechas. Recordará usted que, por entonces, se habló mucho de unas brochas de afeitar baratas que estaban infectadas con el virus de esa enfermedad. Se comprobó que la brocha de Craddock fue la causa de la infección.

—¿Roberts lo atendió durante su enfermedad?

—No. Era demasiado prudente para hacerlo. Pero es indudable que Craddock tampoco habría querido que lo hiciera. La única prueba que tengo, bastante insignificante, por cierto, es que hubo un caso de ántrax entre los pacientes de Roberts por aquellos días.

—¿Quiere usted decir que el médico infectó la brocha de afeitar?

—Ahí es precisamente donde voy a parar. Pero, por desgracia, es solo una idea. Nada definitivo, pura conjetura. Aunque no hay pruebas a ese respecto, pudo haber sido así.

—¿No se casó después con Mrs. Craddock?

—No. Me imagino que la pasión solo existió por parte de ella. Eso ocasionó por lo visto algún resentimiento en la mujer, según me he enterado, pues de repente se fue a Egipto para pasar el invierno. Murió allí. Un caso de envenenamiento de la sangre. Tiene un nombre largo y enrevesado que no creo que eche mucha luz sobre la cuestión, algo raro en este país, pero muy común en Egipto.

—Entonces, ¿el doctor no la envenenó?

—No lo sé. He hablado con un bacteriólogo amigo mío. Es terriblemente difícil conseguir respuestas concretas de esa gente. Nunca dicen sí o no. Siempre dicen aquello de: «Eso es posible bajo ciertas condiciones», «depende de las condiciones patológicas de quien lo recibe», «se han visto casos así» y declaraciones por el estilo. Pero, por lo que pude sacar en limpio de lo que me dijo mi amigo, el germen o gérmenes pudieron ser introducidos en la sangre de Mrs. Craddock antes de que saliera de Inglaterra. Los síntomas no habrían aparecido hasta pasado cierto tiempo.

—¿Se vacunó Mrs. Craddock contra el tifus antes de salir para Egipto? —preguntó Poirot—. Tengo entendido que mucha gente lo hace.

—Bravo, monsieur Poirot.

—¿La vacunó Roberts?

—Así es. Pero ya estamos en lo de antes: no podemos probar nada. La mujer recibió la vacuna en dos dosis, como de costumbre. Pudieron ser dos inyecciones antitíficas. O pudo serlo una de ellas, y la otra, cualquier otra cosa. No lo sabemos, ni nunca lo sabremos. Todo es pura hipótesis. Solo podemos decir: «Pudo ser».

Poirot asintió pensativamente.

—Eso coincide perfectamente con ciertas observaciones que me hizo Shaitana. Exaltó al asesino afortunado, al hombre a quien nunca podría imputársele el crimen que cometió.

—¿Cómo pudo enterarse Mr. Shaitana? —preguntó Mrs. Oliver.

Poirot se encogió de hombros.

—Nunca lo sabremos. Shaitana estuvo en Egipto en cierta ocasión. Lo sé porque conoció a Mrs. Lorrimer allí. Pudo haber oído comentar a cualquier médico local las curiosas características que presentó el caso de Mrs. Craddock, la extrañeza sobre la forma en que se declaró la infección. Cierto tiempo después, quizá llegaron a sus oídos algunas murmuraciones sobre Roberts y Mrs. Craddock. Posiblemente, se divirtió haciéndole una observación y notó una expresión alerta en sus ojos, algo raro. Algunas personas tienen un misterioso poder para descubrir los secretos de los demás. Shaitana era una de ellas. Pero todo esto no nos importa. Solo podemos decir que él suponía algo. ¿Era correcta su suposición?

—Yo creo que sí —dijo Battle—. Tengo el presentimiento de que nuestro jovial doctor no es demasiado escrupuloso. He conocido a uno o dos como él. Hay que ver cómo algunos tipos se parecen entre ellos. En mi opinión, es un homicida. Mató a Craddock y pudo matar a la esposa de este, que empezaba a ser un estorbo y la causa de un escándalo. Pero ¿mató a Shaitana? Esa es la cuestión. Comparando los crímenes, me inclino a dudarlo. En el caso de los Craddock, utilizó métodos científicos. Las defunciones parecieron debidas a causas naturales. Si hubiera querido matar a Shaitana, estimo que lo habría hecho también científicamente. Habría utilizado los microbios, y no el puñal.

—Nunca he creído que fuera él —observó Mrs. Oliver—. Ni por un instante. Es demasiado obvio.

—Descartado Roberts —murmuró Poirot—. ¿Qué me dicen de los demás?

Battle hizo un gesto de impaciencia.

—Estoy absolutamente a oscuras. Mrs. Lorrimer es viuda desde hace veinte años. La mayor parte de su vida la ha vivido en Londres, haciendo ocasionales viajes al extranjero durante el invierno. Sitios civilizados: la Riviera, Egipto y lugares semejantes. No he podido asociar a ella ninguna muerte misteriosa. En apariencia, ha llevado una vida perfectamente normal y respetable, la vida de una mujer de mundo. Todos parecen apreciarla y tienen una alta opinión de su carácter. Lo peor que se dice de ella es que no soporta a los tontos. No niego que en este aspecto he fracasado por completo. Sin embargo, debe haber algo. Shaitana creyó que lo había.

Lanzó un suspiro de desesperación.

—Después tenemos a miss Meredith. He investigado concienzudamente sus antecedentes. La historia de costumbre: hija de un oficial del Ejército. Su padre le dejó muy poco dinero y tuvo que ganarse la vida. No estaba preparada para ningún oficio. He comprobado todo lo que hizo cuando se quedó sola en Cheltenham y no hay nada sospechoso. La gente se compadeció mucho de la pobrecilla. Primero se fue a vivir con una familia de la isla de Wright, era una especie de niñera y asistente. La señora con quien estuvo vive ahora en Palestina, pero he hablado con su hermana y me ha dicho que Mrs. Eldon estaba encantada con la muchacha. Nada de muertes violentas ni cosas parecidas. Cuando Mrs. Eldon se fue al extranjero, miss Meredith se fue a Devonshire y entró a trabajar como acompañante de la tía de una amiga del colegio. Esta amiga es la que vive ahora con ella, miss Rhoda Dawes. Estuvo allí durante dos años, hasta que su señora se puso muy enferma y tuvo que emplear a una enfermera fija. Creo que tiene cáncer. Todavía vive, pero su conversación es muy vaga, pues casi siempre está bajo los efectos de la morfina. Tuve una entrevista con ella. Se acordaba de Anne y dijo que era una chica muy agradable. Hablé también con una vecina que era más capaz de recordar lo sucedido en los últimos años. Ninguna defunción en la parroquia, excepto la de uno o dos de los más viejos del lugar, con los cuales, según pude deducir, Anne Meredith nunca tuvo contacto alguno. Después de aquello, estuvo en Suiza. Pensé que allí encontraría la pista de algún accidente mortal, pero no tuve ningún éxito. Tampoco encontré nada en Wallingford.

—¿Queda absuelta Anne Meredith? —preguntó Poirot.

Battle titubeó.

—Yo no diría eso. Hay algo ahí. Parece estar asustada, y eso es algo que no puede atribuirse por completo al pánico que le infundía Shaitana. Es demasiado precavida. Está demasiado sobre aviso. Aseguraría que hay algo. Pero, de todos modos, hasta ahora ha llevado una vida intachable.

Mrs. Oliver inspiró profundamente con aspecto de completa satisfacción.

—Sin embargo, Anne Meredith estuvo en cierta casa cuando una mujer tomó un veneno por equivocación y murió.

No se pudo quejar del efecto que causaron sus palabras. El superintendente dio la vuelta completa en su sillón y se quedó mirando a la novelista con asombro.

—¿Es verdad eso, Mrs. Oliver? ¿Cómo lo sabe?

—He estado husmeando por ahí. Me ocupé de las muchachas. Fui a verlas y les conté un cuento chino acerca de mis sospechas sobre Roberts. Piensan que yo soy una celebridad. A la pequeña Meredith no le hizo gracia mi visita y lo demostró bien claramente. Sospechaba. ¿Por qué lo hacía, si no tenía nada que ocultar? Les dije a las dos que vinieran a verme a Londres. Rhoda lo hizo y me lo contó todo sin rodeos. Me dijo que Anne había estado algo desconsiderada conmigo porque algo de lo que yo dije le recordó un doloroso incidente. Luego me lo describió con pelos y señales.

—¿Le dijo cuándo y dónde ocurrió?

—Hace tres años, en Devonshire.

Battle murmuró algo para sí y escribió unas palabras en su bloc. Su pétrea calma había sido sacudida.

Mrs. Oliver saboreaba su triunfo. Fue un momento de enorme satisfacción para ella.

—Me descubro ante usted, Mrs. Oliver —dijo Battle—. Esta vez nos ha dado una lección. Es una información de mucho valor y demuestra lo fácilmente que se puede omitir algo.

—No pudo estar mucho tiempo allí, donde quiera que fuese —agregó—. Un par de meses a lo sumo. Tuvo que ser entre su salida de la isla de Wright y su llegada a la casa de miss Dawes. Sí, así debió ocurrir. La hermana de Mrs. Eldon recordaba que se fue a vivir a un lugar de Devonshire, pero no sabía dónde.

—Dígame —rogó Poirot—. Mrs. Eldon es una mujer bastante desordenada, ¿no es cierto?

Battle lo miró con curiosidad.

—Me sorprende que pregunte usted eso, monsieur Poirot. No sé cómo ha podido saberlo. La hermana de Mrs. Eldon me la describió muy gráficamente. «Es una atolondrada y nunca sabe dónde deja las cosas.» ¿Cómo se ha enterado usted?

—Porque necesitaba una ayudante —indicó Mrs. Oliver.

—No, no, no es eso. De momento, no importa. Solo era curiosidad. Continúe, superintendente.

—Como decía —prosiguió Battle—, di por sentado que estuvo con miss Dawes cuando se fue a la isla de Wright.

Esa chica es una mentirosa consumada y me engañó como a un tonto.

—Mentir no es siempre señal de culpabilidad —observó Poirot.

—Ya lo sé, monsieur Poirot. Aunque existen mentirosos natos, y esa joven lo es. Siempre dice las cosas que mejor suenan. De todas formas, se corre un grave peligro callando hechos como el que nos ocupa.

—Tal vez creerá que no le interesan a usted los crímenes pasados —comentó Mrs. Oliver.

—Esa sería una razón de más para no suprimir semejante información. Pudo haberse aceptado como un caso de muerte accidental, fruto de la buena fe y, por lo tanto, la muchacha no tenía nada que temer, a no ser que fuera culpable.

—Sí, de ser culpable de la muerte ocurrida en Devonshire —repitió Poirot.

—Ya sé a qué se refiere. Aun en el caso de que aquella muerte no hubiera sido accidental, no se puede asegurar por ello que la chica matara a Shaitana. Pero todas esas muertes ocurridas hace años no dejan de ser asesinatos y yo necesito colocarme en situación de poder atribuir cada crimen a la persona responsable de él.

—Si hemos de atenernos a la opinión de Shaitana, eso resultará imposible —dijo Poirot.

—En el caso de Roberts, puede ser. Pero todavía me queda por ver si ocurrirá lo mismo en el de miss Meredith. Mañana iré a Devon.

—¿Ya sabe usted dónde tiene que dirigirse? —preguntó Mrs. Oliver—. No quise pedirle más detalles a Rhoda.

—Hizo usted muy bien. Pero no me costará mucho averiguarlos. Como tuvo que celebrarse una investigación, localizaré los antecedentes en el registro del médico forense. Es un trabajo rutinario. Mañana a primera hora ya me lo tendrán todo preparado.

—¿Qué me dice del comandante? —preguntó la novelista—. ¿Lo ha investigado?

—Estaba esperando el informe del coronel Race. Como es lógico, ordené que lo vigilaran y me enteré de que hizo algo bastante significativo: fue a Wallingford y visitó a miss Meredith. Como recordarán, el joven aseguró que nunca la había visto antes de que se la presentaran en casa de Shaitana.

—Es una chica muy bonita —murmuró Poirot.

—Sí. Espero que todo se reduzca a eso. A propósito, Despard no ha dejado nada al azar: consultó con un abogado. Eso parece significar que no está seguro de que las cosas marchen bien.

—Es un hombre precavido —dijo Poirot—. Recuerde que puede actuar con gran celeridad.

Battle lo miró fijamente.

—Bien, monsieur Poirot, ¿qué cartas tiene usted en la mano? Todavía no las ha puesto sobre la mesa.

El detective sonrió.

—Tengo muy poca cosa. ¿Cree usted que me reservo algo? Pues no es así. No me he enterado de mucho. Hablé con el doctor Roberts, Mrs. Lorrimer y el comandante Despard. Todavía tengo que ver a miss Meredith. ¿De qué me enteré? ¡Simplemente, de esto! El doctor Roberts es un observador muy sutil, Mrs. Lorrimer tiene un considerable poder de concentración, pero, precisamente por eso, casi no se da cuenta de lo que le rodea. Le gustan las flores. Despard solo se da cuenta de las cosas que le atañen: alfombras, trofeos de caza, etc. No tiene lo que yo llamo visión externa, observación de los detalles que le rodean a uno, ni visión interna, concentración, enfoque del pensamiento sobre un objeto. Su visión se limita a un solo intento. Solo ve lo que se combina y armoniza con la tendencia de sus pensamientos.

—A eso llama usted hechos, ¿no es así? —preguntó Battle con sinceridad.

—Son hechos. Tal vez, un pequeño enjambre de ellos.

—¿Y miss Meredith?

—La he dejado para el final. Pero le preguntaré también si recuerda los objetos que había en aquella habitación.

—Es un método muy raro de investigar —comentó Battle—, puramente psicológico. ¿Y si le llevara por el camino equivocado?

—No, eso es imposible. Tanto si tratan de ocultar algo como si tratan de ayudarme, revelan necesariamente su mentalidad.

—No hay duda de que existe algo positivo en ello —dijo el superintendente—. Aunque yo no sé actuar de esa forma.

—Me parece que he adelantado muy poco, comparándolo con lo que han hecho usted y Mrs. Oliver, y el coronel Race. Las cartas que he puesto sobre la mesa son muy pobres.

—Ya sabe usted, monsieur Poirot, que un dos del palo del triunfo es una carta baja, pero gana a cualquiera de los ases de los tres palos restantes. De todos modos, voy a rogarle que lleve a cabo un trabajo práctico.

—¿Cuál es?

—Quisiera que se entrevistara con la viuda del profesor Luxmore.

—¿Por qué no lo hace usted mismo?

—Porque, como le he dicho antes, tengo que ir a Devonshire.

—¿Por qué no lo hace usted mismo? —insistió Poirot.

—No le convence, ¿verdad? Bueno, se lo diré: porque pienso que usted conseguirá más de ella que yo.

—¿A pesar de que mis métodos no son tan directos?

—Dígalo usted como quiera. —Battle hizo una mueca—. Oí comentar al inspector Japp que tenía usted una mente tortuosa.

—¿Como la del difunto Shaitana?

—¿Cree usted que él habría sido capaz de hacer hablar a esa señora?

—Creo que eso fue lo que sucedió.

—¿Por qué lo dice? —preguntó Battle enérgicamente.

—Por una observación casual que me hizo Despard.

—Se fue de la lengua, ¿verdad? No me parece propio de él.

—Mi querido amigo, es imposible no irse de la lengua, a menos que nunca se abra la boca. La palabra es el revelador más certero.

—¿Aunque la gente mienta? —preguntó Mrs. Oliver.

—Sí, madame, porque puede verse enseguida que está usted diciendo una clase determinada de mentira.

—Me hace usted sentirme terriblemente incómoda —dijo la novelista levantándose.

El superintendente la acompañó hasta la puerta y le estrechó la mano con efusividad.

—Se ha llevado usted el premio, Mrs. Oliver. Es usted mejor detective que su larguirucho héroe lapón.

—Finlandés —corrigió la mujer—. Desde luego, es un imbécil, pero a la gente le gusta. Adiós.

—Yo también debo irme —dijo Poirot.

Battle escribió unas señas en un trozo de papel y se lo entregó al detective.

—Ahí tiene. Vaya y véaselas con ella.

—¿Qué quiere usted que averigüe?

—La verdad sobre la muerte del profesor Luxmore.

—*Mon cher* Battle, ¿conoce alguien la verdad sobre las cosas?

—Pues yo voy a saber la verdad respecto a este asunto de Devonshire.

—Me extrañaría.

Capítulo 20
El testimonio
de Mrs. Luxmore

La criada que abrió la puerta de la casa de Mrs. Luxmore, en South Kensington, miró a Poirot con franca reprobación. No mostró ninguna intención de dejarlo pasar. Poirot le entregó su tarjeta sin inmutarse.

—Dele esto a su señora. Creo que querrá hablar conmigo.

Era una de sus tarjetas más ostentosas. Las palabras «Detective privado» estaban impresas en una de las esquinas. Las había encargado expresamente con el fin de conseguir entrevistas con el llamado sexo débil. Toda mujer, se considerase inocente o no, deseaba con ansiedad ver cómo era un detective privado y enterarse de qué quería.

Como la criada había cerrado la puerta ignominiosamente ante sus narices, Poirot se dedicó a estudiar con evidente disgusto el llamador de latón, al que le hacía falta, a todas luces, un buen pulido.

—Necesita un poco de limpiametales y una bayeta —murmuró.

La criada volvió muy agitada y lo invitó a pasar.

Lo condujo hasta una habitación del primer piso. Un salón algo oscuro que olía a flores mustias y a ceniceros sin vaciar. Había una gran cantidad de cojines de seda, de colores exóticos. Las paredes estaban recubiertas de papel verde esmeralda y el techo, pintado de color cobrizo.

Una mujer alta y de aspecto distinguido estaba de pie

175

junto a la chimenea. Avanzó unos pasos y habló con voz profunda y ronca.

—¿Monsieur Hércules Poirot?

Poirot hizo una reverencia. Sus modales no eran los que generalmente empleaba. En aquella ocasión no solo tenía aspecto de extranjero, sino que lo exageró cuanto pudo. Sus gestos eran barrocos a más no poder. Muy ligeramente, recordaban las maneras del difunto Shaitana.

—¿Para qué desea verme?

—¿Podría sentarme? Nos llevará algo de tiempo.

La mujer le señaló un sillón con gesto impaciente y se sentó al borde de un sofá.

—¿Bien?

—Pues sucede, madame, que estoy haciendo unas investigaciones, investigaciones privadas, ¿comprende?

Cuanto más deliberada hacía su exposición, más avidez mostraba ella.

—Sí..., sí...

—Estoy haciendo algunas investigaciones sobre la muerte del profesor Luxmore.

Ella dio un respingo. Su consternación era evidente.

—¿Por qué? ¿Qué quiere usted decir? ¿Qué tiene usted que ver con eso?

Poirot la observó con atención antes de proseguir.

—Sepa usted que se está escribiendo un libro sobre la vida de su marido. El escritor, como es natural, tiene mucho interés en conocer todo lo que se relacione con él. Por ejemplo, cómo murió.

La mujer no le dejó continuar.

—Mi marido murió de fiebres en el Amazonas.

Poirot se recostó en su asiento. Lenta, muy lentamente, meneó la cabeza en un enloquecedor y monótono gesto.

—Madame..., madame... —reconvino.

—¡No me lo han contado! Yo estaba presente.

—Ah, sí. Estaba usted allí. Eso dicen los informes que me han dado.

—¿Qué informes? —exclamó ella.

—Los informes que me proporcionó el difunto Mr. Shaitana.

La mujer retrocedió como si la hubieran azotado.

—¿Shaitana?

—Un hombre que sabía muchas cosas. Un hombre extraordinario que estaba enterado de muchos secretos.

—Supongo que así sería —murmuró ella. Se pasó la lengua por sus labios resecos.

Poirot se inclinó hacia delante y se dio un golpecito en la rodilla.

—Sabía, por ejemplo, que su marido no murió de fiebres.

Ella lo miró fijamente. Sus ojos tenían una expresión fiera y desesperada.

El detective volvió a recostarse en el sillón y aguardó el efecto de sus palabras.

La mujer se recobró con un evidente esfuerzo.

—No sé..., no sé a qué se refiere.

Pero lo dijo con un tono que sonó muy poco convincente.

—Madame, voy a hablarle con franqueza —sonrió—. Voy a poner mis cartas sobre la mesa. A su marido no lo mataron las fiebres. ¡Lo mató una bala!

—¡Oh! —exclamó ella.

Se cubrió la cara con las manos y empezó a oscilar de un lado a otro. La sobrecogía una angustia terrible, pero era evidente que en lo más íntimo de su ser estaba saboreando las emociones que sentía en aquel instante. Poirot estaba seguro de ello.

—Por lo tanto —continuó el detective con optimismo—, haría usted muy bien en contarme todo lo que sucedió.

—No fue, ni mucho menos, como usted se figura —replicó ella, apartando las manos del rostro.

Poirot volvió a inclinarse hacia delante y de nuevo se dio un golpecito en la rodilla.

—No me ha entendido bien o no ha acabado de entenderme. Yo sé muy bien que no fue usted quien disparó. Fue el comandante Despard, pero usted fue la causa de todo.

—No lo sé, no lo sé. Supongo que fui yo. Aquello fue horrible. Parece que me persigue la fatalidad.

—Eso sí que es verdad. Cuántas veces se ven estas cosas. Hay algunas mujeres a las que la tragedia persigue donde quiera que vayan. Ellas no tienen la culpa, pues las cosas suceden a su pesar.

Mrs. Luxmore dio un profundo suspiro.

—Usted lo comprende, ya veo que lo comprende. Todo ocurrió de la manera más natural.

—Viajaron ustedes juntos hacia el interior, ¿verdad?

—Sí. Mi marido estaba escribiendo un libro sobre unas plantas raras. Nos presentaron al comandante y nos dijeron que era un hombre que conocía el terreno y que se ocuparía de prepararnos la expedición. A mi marido le gustó mucho y partimos.

Hubo una pausa. Poirot murmuró, como si hablara consigo mismo:

—Sí, puede uno imaginarse lo que pasó. El río sinuoso, la noche tropical, el zumbido de los insectos, un hombre fuerte y apuesto, una mujer hermosa...

Mrs. Luxmore suspiró.

—Mi marido tenía muchos más años que yo. Me casé siendo una niña sin saber lo que estaba haciendo.

—Ya sé, ya sé. Eso pasa a menudo.

—Ninguno de nosotros quería reconocer lo que estaba ocurriendo —prosiguió ella—. John Despard nunca dijo una palabra. Era la personificación del honor.

—Una mujer se da cuenta enseguida de esas cosas —insinuó Poirot.

—Tiene usted mucha razón. Sí, una mujer lo sabe. Pero yo jamás le demostré que lo sabía. Para mí fue siempre el comandante Despard, y yo, para él, Mrs. Luxmore. Estábamos dispuestos a jugar la partida hasta el final.

Poirot guardó silencio, como si admirase tan noble actitud.

—Es cierto —opinó el detective—. Uno debe jugar al críquet. Como dijo uno de sus poetas: «No puedo amarte, vida mía, más de lo que quiero al críquet».*

—Al honor —corrigió Mrs. Luxmore frunciendo ligeramente el entrecejo.

—Eso es..., eso es..., al honor. «Más de lo que quiero al honor.»

—Esas palabras podían haber sido escritas para nosotros —comentó ella—. No importaba lo que nos costara, ambos estábamos determinados a no pronunciar la palabra fatal.

—Y entonces... —incitó Poirot.

—Aquella noche espantosa... —Mrs. Luxmore se estremeció.

—¿Sí?

—Supongo que se pelearían, me refiero a John y a Timothy. Salí de mi tienda..., salí de mi tienda...

—¿Sí, siga?

La mujer, con los ojos muy abiertos, parecía estar viendo la escena como si se repitiera ante ella.

—Salí de mi tienda —continuó—. John y Timothy estaban... ¡Oh! —Se estremeció de nuevo—. No puedo re-

* Juego de palabras intraducible. Familiarmente, en inglés se dice «not cricket» para demostrar que no se ha obrado bien ni honradamente. Poirot confunde el significado de la palabra cricket y la interpreta como «honor». (N. del t.)

cordarlo con claridad. Me interpuse entre los dos y dije: «No, no, no es verdad». Timothy no quiso escucharme. Se abalanzó sobre John y este tuvo que disparar en defensa propia. ¡Ah! —dio un grito y se cubrió la cara con las manos—. Estaba muerto, murió enseguida, la bala le atravesó el corazón.

—Un momento verdaderamente terrible para usted, madame.

—Nunca lo olvidaré. John era noble. Estaba dispuesto a entregarse a las autoridades. Yo me opuse. Estuvimos discutiendo toda la noche. «Hazlo por mí», le dije. Por fin, se convenció. Como es natural, no quería que yo sufriera. Pensó en la publicidad que se daría al asunto. Puede imaginarse lo que hubieran dicho los titulares de los periódicos: «Dos hombres y una mujer en la selva. Pasiones primitivas». Le dije a John lo que debíamos hacer y, al final, accedió. Los indígenas que nos acompañaron no habían oído nada. Como Timothy había tenido accesos de fiebre, dijimos que murió de ella y lo enterramos a la orilla del Amazonas.

Un profundo y afligido suspiro sacudió toda su persona.

—Luego, la vuelta a la civilización y la separación definitiva.

—¿Era necesaria, madame?

—Sí, sí. La muerte de Timothy nos separaba tanto como si mi marido hubiera estado vivo o más. Nos dijimos adiós para siempre. Me encontré con John varias veces por ahí. Sonreímos, cruzamos algunas palabras corteses, pues nadie debía sospechar que hubo algo entre nosotros dos. Pero yo veo en sus ojos y él en los míos que nunca lo olvidaremos.

Se produjo un largo silencio. Poirot calló, como si rindiera tributo al final de aquel drama.

Mrs. Luxmore sacó una polvera y se dio unos toques en la nariz. El encanto se había roto.

—¡Qué tragedia! —comentó Poirot con normalidad.

—Se habrá dado usted cuenta, monsieur Poirot —dijo la mujer apresuradamente—, de que no debe saberse nunca lo que en realidad ocurrió.

—Sería doloroso.

—No puede ser. Su amigo, ese escritor, seguramente no querrá arruinar la vida de una mujer, ¿verdad?

—O llevar a la horca a un hombre inocente —añadió Poirot.

—¿Opina usted así? ¡Cuánto me alegro! John era inocente. Un crimen pasional no es, en realidad, un crimen. Y, de todas formas, fue en defensa propia. Tuvo que disparar. Por lo tanto, ya ve usted, monsieur Poirot, que el mundo debe continuar creyendo que Timothy murió de fiebres.

—Los escritores son a veces particularmente insensibles a esas cosas.

—¿Su amigo aborrece a las mujeres? ¿Quiere que suframos? Pero usted no debe permitirlo. Yo no lo permitiré. Si es necesario, cargaré con toda la culpa. Diré que fui yo quien disparó.

Se levantó y echó la cabeza hacia atrás.

Poirot también se levantó.

—Madame —dijo, tomando la mano que ella le ofrecía—, tan espléndido sacrificio es innecesario. Haré todo lo que pueda para que nunca lleguen a saberse los hechos verdaderos.

Una sonrisa muy femenina distendió la cara de Mrs. Luxmore. Levantó lentamente la mano, de forma que Poirot se vio obligado a besarla.

—Una infeliz mujer le da las gracias, monsieur Poirot.

Eran las últimas palabras de una reina perseguida dirigidas a uno de sus cortesanos favoritos. Le indicaba claramente que podía retirarse y Poirot siguió al pie de la letra la indicación.

Una vez en la calle, aspiró profundamente el aire fresco.

Capítulo 21
El comandante Despard

—*Quelle femme!* —murmuró Poirot—. *Ce pauvre Despard! Ce qu'il a du souffrir! Quel voyage épouvantable!*

De pronto, empezó a reír.

Pasaba entonces por Brompton Road. Se detuvo, sacó su reloj e hizo un cálculo.

—Sí, tengo tiempo. De todas formas, esperar no me hará ningún daño. Me ocuparé ahora del otro asunto. ¿Qué era aquello que cantaba mi amigo el policía inglés hace..., cuántos años..., cuarenta por lo menos? Ah, sí: «Un terroncillo de azúcar para el canario».

Canturreando aquella tonadilla pasada de moda, Poirot entró en una tienda de suntuosa apariencia, dedicada casi exclusivamente a prendas de señora y productos de belleza. Se dirigió hacia la sección de medias.

Seleccionó a una dependienta de aspecto simpático y nada altivo, a quien expuso sus deseos.

—¿Medias de seda? Sí, tenemos un magnífico surtido. Le garantizamos que es seda natural.

Poirot las desechó con un gesto y pidió algo mejor con considerable elocuencia.

—¿Medias de seda francesa? Ya sabe usted que son muy caras debido a los aranceles de aduana.

La muchacha sacó una nueva pila de cajas.

—Muy bonitas, mademoiselle, pero quisiera otras que fueran de un tejido más fino.

—Estas son del número cien. Tenemos también de las extrafinas, pero valen cerca de treinta y cinco chelines el par. No duran nada. Son como telas de araña.

—*C'est ça, c'est ça, exactement.*

Esta vez la joven tardó más en regresar.

—Valen treinta y siete chelines y seis peniques cada par. Pero son magníficas, ¿verdad?

—*Enfin,* eso es exactamente.

—Estupendas, ¿no le parece? ¿Cuántos pares, señor?

—Necesito..., vamos a ver..., diecinueve pares.

La joven casi se desplomó detrás del mostrador, pero su larga práctica en recibir desplantes de su clientela la hizo mantenerse firme en su puesto.

—Le haremos una rebaja si se queda con dos docenas —dijo débilmente.

—No. Solo necesito diecinueve pares. De colores que no se diferencien mucho, por favor.

La muchacha las escogió obedientemente, las envolvió y le extendió la factura.

Cuando Poirot se marchó con su compra, la chica del mostrador de al lado dijo:

—Me gustaría saber quién es la afortunada. Parece un viejo insoportable, pero, por lo que se ve, su amiguita lo sabe llevar bien. ¡Nada menos que medias de treinta y siete chelines y seis peniques!

Ajeno a la baja opinión que de su carácter se estaban formando las dependientas de la casa Harvey Robinson, Poirot volvió a su casa.

Media hora después, poco más o menos, sonó el timbre de la puerta y, al cabo de un momento, el comandante Despard entró en la habitación donde estaba Poirot.

Era evidente que el joven trataba de contener su cólera.

—¿Por qué diablos ha ido a visitar a Mrs. Luxmore? —preguntó.

El detective sonrió.

—Deseaba saber la verdad respecto a la muerte del profesor Luxmore.

—¿La verdad? ¿Cree usted que esa mujer es capaz de contar alguna verdad? —exclamó Despard furiosamente.

—*Eh bien*, eso me he preguntado varias veces.

—Me lo figuraba. Está loca.

—No del todo. No es más que una romántica.

—Nada de romanticismo. Es una mentirosa empedernida. A menudo pienso que ella misma se cree las mentiras que cuenta.

—Es posible.

—Es una mujer terrible. Me hizo pasar una temporada de perros en aquella expedición.

—Eso también lo creo.

Despard tomó asiento bruscamente.

—Oiga, monsieur Poirot, voy a contarle la verdad.

—Querrá usted decir que me va a exponer su versión de lo ocurrido.

—La mía será la verdadera.

Poirot no replicó y Despard prosiguió en tono seco:

—Me doy perfecta cuenta de que no puedo alegar ningún mérito por venir ahora a contárselo. Estoy diciendo la verdad porque es lo único que se puede hacer en esta situación. Si me cree o no, es asunto suyo. No tengo ninguna prueba para demostrarle que mi relato es verídico.

Calló durante algunos segundos.

—Preparé el viaje de los Luxmore —prosiguió—. El marido era un tipo agradable, completamente loco por las plantas, los musgos y cosas parecidas. Ella era..., bueno, era tal y como usted mismo habrá podido ver. El viaje fue una pesadilla. A mí no me importaba la mujer en absoluto y, si he de decirle la verdad, no me acababa de gustar. Es de esas mujeres vehementes y espirituales que me causan desazón cuando tropiezo con ellas. Todo fue bien durante la primera quincena, aunque luego los tres tuvimos unos accesos de fiebre. Tanto ella como yo los sufrimos solo ligeramente, pero el viejo Luxmore se puso muy enfermo. Una noche (fíjese bien lo que voy a decirle), yo estaba sentado a la entrada de mi tienda cuando, de pronto, vi que Luxmore se dirigía tambaleándose hacia los matorrales que bordeaban el río. Estaba delirando y, por lo tanto, inconsciente de sus actos. Si avanzaba unos pasos más, se caería al agua, lo cual, en aquel lugar, habría significado su muerte segura, pues no hubiera habido posibilidad de salvarlo. No tenía tiempo de correr tras él. Solo podía hacer una cosa. Tenía el rifle a mi lado, como de costumbre. Lo cogí. Soy un buen tirador y estaba seguro de que lograría detener a Luxmore dándole en una pierna. Pero en el preciso instante en que apretaba el gatillo, se me echó encima esa mujer gritando: «No dispare, por el amor de Dios, no dispare». Me cogió del brazo y lo desvió ligeramente al tiempo que salía el tiro, con el resultado de que la bala le dio a Luxmore en la espalda y lo dejó muerto en el acto.

»Le aseguro que fue un momento desagradable. La muy tonta seguía sin comprender lo que había hecho. En lugar de darse cuenta de que era responsable de la muerte de su marido, creía firmemente que había tratado de matarlo a sangre fría porque estaba enamorado de ella. Mantuvimos una discusión terrible. Ella insistía en que debíamos decir que había muerto a causa de las fiebres. Me dio lástima, especialmente cuando me di cuenta de que no se percataba de lo que había hecho. Pero tendría que enterarse por fuerza si la verdad salía a relucir. Además, su completa seguridad de que yo estaba loco por ella me conmovió un poco. Iba a organizarse un buen jaleo si lo contaba por ahí. Y accedí a lo que ella quería. Después de todo, tanto daba que hubieran sido las fiebres como un accidente. Por otra parte, no me gustaba la idea de ver envuelta a una mujer en un cúmulo de disgustos, aunque se tratara de una tonta como aquella. Al día siguiente hice correr la voz de que el profesor había muerto en uno de los accesos de fiebre y lo enterramos. Desde luego, los porteadores indígenas sabían lo que había pasado, pero todos me eran leales y sabía que, en caso necesario, jurarían que cuanto yo dijera era cierto. Enterramos al pobre Luxmore y volvimos a la civilización. Desde entonces, he empleado mucho tiempo eludiendo a esa mujer.

Calló, y al cabo de un rato dijo con tranquilidad:

—Esa es mi historia, monsieur Poirot.

—¿Shaitana se refirió a ese incidente, o al menos así lo pensó usted, cuando cenamos juntos la otra noche?

Despard asintió.

—Debió de contárselo Mrs. Luxmore. No le resultaría muy difícil hacerla hablar. A nuestro difunto amigo le encantaban esas cosas.

—Podría haber sido una historia peligrosa para usted en manos de un hombre como Shaitana.

Despard se encogió de hombros.

—No le tenía miedo.

Poirot calló.

—En eso tendrá usted que aceptar mi palabra. Está bastante claro, supongo, que yo tenía ciertos motivos para desear la muerte de Shaitana. Ahora ya sabe la verdad. La toma o la deja.

—La tomo, comandante. No me cabe la menor duda de que las cosas sucedieron en Sudamérica tal como usted las ha descrito.

La cara de Despard se iluminó.

—Gracias —dijo lacónicamente y estrechó con efusión la mano del detective.

Capítulo 22
Las pruebas de Combrease

El superintendente Battle se encontraba en la comisaría de policía de Combrease.

Con el rostro un tanto ruborizado, el inspector Harper hablaba lentamente con el agradable acento de Devonshire.

—Eso es todo lo que pasó, señor. Pareció tan claro como la luz del día. Tanto el forense como los demás quedamos enteramente satisfechos del veredicto. ¿Por qué no?

—Cuénteme otra vez lo de las dos botellas. Quiero dejar ese punto bien aclarado.

—La botella contenía jarabe de higos. Al parecer, la mujer lo tomaba con regularidad. Después estaba la botella del tinte que utilizaba, o mejor dicho, que empleaba su señorita de compañía. Había estado tiñendo un sombrero de paja. Sobró bastante tinte y, como la botella se había roto, Mrs. Benson dijo: «Póngalo en esa botella vacía, la del jarabe de higos». No hay ninguna duda de ello. El servicio oyó cómo lo decía. Tanto miss Meredith como la doncella y la criada convinieron en lo mismo. Puso el tinte en la botella de jarabe de higos y la guardó entre todos los cachivaches, en el estante más alto del armario del cuarto de baño.

—¿No le pusieron una nueva etiqueta?

—No, fue un descuido. El forense lo comentó luego.

—Prosiga.

—Aquella noche, Mrs. Benson entró en el cuarto de baño, cogió la botella de jarabe de higos, se sirvió una buena dosis y se la bebió. Cuando se dio cuenta de lo que había hecho, mandó enseguida a buscar al médico, pero este había salido para atender a un enfermo y tardó bastante en acudir. Luego hizo todo lo que pudo, pero Mrs. Benson murió.

—¿Ella creía que aquello fue un accidente?

—Sí, y todos creímos lo mismo. Por lo visto, se confundieron las botellas. Se sugirió entonces que lo había hecho la criada al sacar el polvo, pero ella juró que no fue así.

Battle guardó silencio. ¡Qué sistema más sencillo! Coger la botella del estante superior y ponerla en el de abajo. Resultaría difícil seguir hasta su origen la pista de una equivocación como esa. Posiblemente, quien hiciera el cambio llevaría puestos unos guantes y las huellas dactilares más recientes, impresas en la botella, serían las de la propia Mrs. Benson. Sí, tan fácil, tan simple. Pero, de todas formas, ¡un asesinato! El crimen perfecto. ¿Por qué? Esta pregunta le llenaba de confusión: ¿por qué?

—Esa señorita de compañía, miss Meredith, ¿heredó algún dinero de Mrs. Benson?

—No. Solo hacía seis semanas que estaba con ella.

Battle seguía perplejo. Evidentemente, era una mujer difícil de tratar. Pero si Anne Meredith no se hubiera encontrado a gusto, habría dejado el empleo como hicieron las demás. No necesitaba matar, a no ser que existiera un claro y desorbitado deseo de venganza. Negó con la cabeza. Esta sugerencia no parecía inverosímil.

—¿Quién heredó a Mrs. Benson?

—No se lo puedo decir, señor. Creo que sus sobrinos. Pero no debió de ser mucho, al menos cuando se hizo el reparto, ya que oí que la mayor parte de sus ingresos provenía de una renta vitalicia.

Así pues, no había nada. Pero Mrs. Benson había muerto y Anne Meredith no había mencionado su estancia en Combrease.

Todo aquello era muy poco satisfactorio.

Battle hizo algunas indagaciones concienzudamente. El médico le habló con claridad y energía. No existía ninguna razón para creer que aquello fuera nada más que un accidente. Miss..., no recordaba su nombre..., era una muchacha muy agradable, pero no ayudó mucho, estaba muy trastornada. Luego habló con el vicario. Se acordaba de la última acompañante que tuvo Mrs. Benson, una muchacha de aspecto modesto. Siempre venía con su señora a la iglesia. Mrs. Benson había sido una mujer no con mal carácter, sino un tanto severa con la gente joven. Interpretaba el cristianismo de la manera más inflexible.

Battle habló con una o dos personas más, aunque no averiguó nada que valiera la pena. Casi no se acordaban de Anne Meredith. Había vivido entre ellos durante muy poco tiempo y su personalidad no era lo suficientemente destacada como para haberles dejado una huella duradera. La descripción más general era la de una jovencita agradable.

Mrs. Benson destacaba más claramente. Una mujer con el carácter de un ganadero, que hacía trabajar duro a sus acompañantes y cambiaba muy a menudo de servicio. Una mujer desagradable, pero eso era todo.

No obstante, Battle abandonó Devonshire con la firme convicción de que, por alguna razón desconocida, Anne Meredith había asesinado deliberadamente a su señora.

Capítulo 23
El testimonio de un par de medias de seda

Mientras el tren en el que viajaba Battle atravesaba Inglaterra hacia el Este, Anne Meredith y Rhoda Dawes se encontraban en el salón de Poirot.

Anne no había querido aceptar la invitación que había recibido en el correo de la mañana, pero los consejos de Rhoda habían prevalecido.

—Anne, eres una cobarde. Sí, una cobarde. No conseguirás nada metiendo la cabeza en la arena como hacen los avestruces. Ha habido un asesinato y tú eres uno de los sospechosos de la lista, tal vez el menos sospechoso.

—Eso es lo peor —replicó Anne en tono humorístico—. Siempre resulta culpable el que menos lo parece.

—Pero, como te decía, tú eres uno de ellos —continuó Rhoda sin hacer caso de la interrupción—. No te servirá de nada taparte las narices como si el asesinato fuera un mal olor y no tuviese nada que ver contigo.

—No tiene nada que ver conmigo. Quiero decir que estoy dispuesta a contestar cualquier pregunta que me haga la policía, pero ese hombre es un extraño.

—¿Qué pensará de ti si le rehúyes y tratas de evitarle? Pensará que eres culpable.

—Pero no lo soy —contestó Anne en tono helado.

—Ya lo sé. No podrías matar a nadie aunque lo intentaras. Sin embargo, esos horribles extranjeros no lo saben. Yo creo que debemos ir tranquilamente a su casa.

De otra forma, vendrá él aquí y tratará de hacer hablar a los criados.

—No tenemos ninguno.

—Sí, tenemos a la tía Astwell. Puede irse de la lengua. Vamos, Anne. A lo mejor resulta divertido.

—No comprendo para qué quiere verme —se obstinó Anne.

—Para dejar en mal lugar a la policía, desde luego —dijo Rhoda con impaciencia—. Los aficionados siempre lo hacen. Creen que en Scotland Yard solo hay fantoches y cabezas huecas.

—¿Tú crees que ese Poirot es inteligente?

—No tiene el aspecto de un Sherlock Holmes. Supongo que en sus días sería un buen detective. Pero ahora ya chochea. Debe de tener por lo menos sesenta años. Vamos, Anne, veamos qué nos dice ese viejo. Tal vez nos cuente cosas terribles de los demás.

—Está bien. Parece que todo esto te divierte, Rhoda.

—Creo que es debido a que el asunto no tiene nada que ver conmigo. Perdiste una buena oportunidad al no levantar la vista en el instante preciso. Si lo hubieras hecho, podrías haber vivido como una marquesa durante el resto de tu vida, chantajeando al asesino.

Sucedió, pues, que a las tres de esa misma tarde Rhoda Dawes y Anne Meredith estaban sentadas remilgadamente en la sala donde Poirot recibía las visitas. Bebían un *sirop* de zarzaparrilla (que no les gustaba en absoluto, pero que, por cortesía, no rechazaron), en unos vasos de forma anticuada.

—Ha sido usted muy amable al acceder a mi petición, mademoiselle —decía Poirot.

—Me alegrará mucho ayudarle de la mejor manera que pueda —murmuró Anne vagamente.

—Es cuestión de que haga un poco de memoria.

—¿Memoria?

—Sí. Ya les hice las mismas preguntas a Mrs. Lorrimer, al doctor Roberts y al comandante Despard. Pero, por desgracia, ninguno de ellos me dio la respuesta que esperaba. Necesito, mademoiselle, que haga retroceder sus pensamientos hacia la otra noche, en el salón de Mr. Shaitana.

Una sombra de cansancio pasó por la cara de la joven. ¿No se libraría nunca de aquella pesadilla?

Poirot se dio cuenta de su expresión.

—Ya lo sé, mademoiselle, ya lo sé —dijo con amabilidad—. *C'est pénible, n'est ce pas?* Es muy natural. Es usted joven y se ha encontrado por primera vez con un hecho horrible como este. Posiblemente, nunca había visto una muerte violenta.

—¿Y bien? —dijo Anne.

—Haga retroceder su pensamiento. Quiero que me diga todo lo que recuerde de aquella habitación.

Anne lo miró con fijeza y cierto aspecto de suspicacia.

—No lo comprendo.

—Sí, las sillas, las mesas, los adornos, el papel de las paredes, los cortinajes, los hierros de la chimenea. Usted los vio. ¿Puede describírmelos?

—Ya lo entiendo —Anne titubeó y frunció el entrecejo—. Es difícil. No creo que pueda recordarlo. Las paredes me figuro que estaban pintadas con un color muy discreto. Había un piano. —Meneó la cabeza—. No le puedo decir nada más, de veras.

—No lo ha intentado usted, mademoiselle. Debe de recordar algún objeto, algún adorno, alguna obra antigua.

—Recuerdo que vi una caja de joyas egipcias —dijo Anne—. Cerca de la ventana.

—¡Ah, sí! Al otro extremo de la habitación, frente a la mesa donde estaba el puñal.

Anne le dirigió una mirada.

—No sé sobre qué mesa estaba.

«*Pas si bête* —comentó Poirot para sus adentros—. ¡Pero

195

yo no sería Hércules Poirot! Si me conociera mejor, se hubiese dado cuenta de que nunca le habría tendido una trampa tan burda como esa.»

—¿Dijo usted que había una caja de joyas?

Anne contestó con cierto entusiasmo:

—Sí, había algunas muy bonitas. Azules y rojas. Esmaltes. Un par de anillos preciosos. Y escarabajos, aunque estos no me gustaron tanto.

—Mr. Shaitana era un gran coleccionista.

—Sí, debía serlo —convino Anne—. La habitación estaba llena de objetos. No había forma de fijarse en todos.

—Por lo tanto, ¿no puede usted mencionar cualquier otra cosa que le llamara la atención?

Anne sonrió ligeramente al decir:

—Solo un jarro de crisantemos a los que les hacía mucha falta que les cambiaran el agua.

—Sí, los criados no se ocupan de esas cosas.

Poirot calló durante un instante.

—Me temo que no me fijé en lo que quería usted que me fijara —señaló Anne con timidez.

El detective sonrió amablemente.

—No importa, *mon enfant*. De todas formas, era una posibilidad muy remota. Dígame, ¿ha visto últimamente al comandante Despard?

Un delicado color sonrosado subió a las mejillas de la joven.

—Nos dijo que vendría a vernos muy pronto.

—¡Despard no lo hizo! Anne y yo estamos del todo seguras de eso —intervino Rhoda.

Poirot las miró con ojos chispeantes.

—Qué suerte ha tenido, convenciendo de su inocencia a dos jóvenes tan encantadoras.

«Vaya —pensó Rhoda—. Ya se está volviendo francés y no hay cosa que me turbe más.»

Se levantó y empezó a examinar unos aguafuertes.

—Son muy buenos —comentó.

—No están mal.

Miró a Anne y titubeó.

—Mademoiselle —dijo Poirot por fin—, me he estado preguntando si podría rogarle que me hiciera un favor. ¡Oh! No tiene nada que ver con el asesinato. Es un asunto enteramente privado y personal.

Anne pareció sorprenderse un poco y Poirot continuó hablando con un ligero embarazo.

—Ya sabe usted que se acerca la Navidad. Tengo que comprar algunos regalos para mis sobrinas y para mí es difícil escoger algo que les guste a las chicas modernas. Mis gustos, por desgracia, son algo anticuados.

—¿Sí? —dijo Anne con amabilidad.

—Medias de seda. ¿Cree usted que las medias de seda serían un buen regalo?

—Sí, desde luego. Siempre es agradable recibir unas medias como regalo.

—Me quita usted un peso de encima. Le diré cuál es el favor que quiero que me haga. He comprado unos pares de diferentes colores. Creo que deben de ser unos quince o dieciséis. ¿Sería usted tan amable de echarles una ojeada y seleccionar media docena de las que le parezcan más bonitas?

—Claro que sí —dijo Anne levantándose y riendo.

Poirot la condujo hasta una habitación donde, sobre una mesa, había un revoltijo de cosas. La joven se hubiera extrañado de tal mescolanza de haber conocido el orden y la limpieza con que Hércules Poirot lo hacía todo. Había un montón de medias, varios guantes ribeteados de piel, calendarios y cajas de bombones.

—Envío los paquetes con mucha anticipación —explicó Poirot—. Vea, mademoiselle, aquí están las medias. Le ruego que escoja seis pares.

Se dio la vuelta, interceptando el paso de Rhoda, que le seguía.

—Y para esta joven tengo una pequeña sorpresa, una sorpresa que, según creo, no lo sería para usted, miss Meredith.

—¿Qué es? —exclamó Rhoda.

El detective bajó la voz.

—Un cuchillo, mademoiselle, con el que cierta vez doce personas apuñalaron a un hombre. Me lo dio, como recuerdo, la Compagnie Internationale des Wagons-Lits.

—¡Horrible! —gritó Anne.

—¡Oh! Déjemelo ver —dijo Rhoda.

Poirot la hizo pasar a la otra habitación sin dejar de hablar ni un momento.

—Me lo regaló la Compagnie Internationale des Wagons-Lits, porque...

Pasaron al salón.

Tres minutos después volvieron y Anne se dirigió hacia ellos.

—Creo que estas seis son las más bonitas, monsieur Poirot. Estas dos más oscuras para llevarlas de noche y estas, de color más claro, para cuando llegue el verano y dure más la luz del día.

—*Mille remerciements*, mademoiselle.

Les ofreció más *sirop*, que ellas rechazaron, y finalmente las acompañó a la puerta.

Cuando se marcharon, Poirot volvió a la habitación y se dirigió directamente a la mesa. El montón de medias seguía tan revuelto como antes. El detective contó los seis pares seleccionados y luego hizo lo mismo con los restantes.

Había comprado diecinueve y ahora solo quedaban diecisiete.

Lentamente, hizo un gesto afirmativo con la cabeza.

Capítulo 24
¿Eliminación de tres asesinos?

Battle fue a ver a Poirot en cuanto regresó a Londres. Anne y Rhoda ya se habían marchado hacía una hora.

Sin añadir ningún comentario, Battle contó el resultado de sus investigaciones en Devonshire.

—Eso es lo que buscábamos, no hay duda de ello —terminó—. Era lo que Shaitana insinuó al hablar de «un accidente doméstico». Pero lo que no veo claro es el motivo. ¿Por qué quería matar a la señora?

—Creo que yo le puedo ayudar en ese sentido, amigo mío.

—Adelante, pues, monsieur Poirot.

—Esta tarde he realizado un pequeño experimento. He invitado a miss Meredith y a su amiga a que vinieran a visitarme. Le he hecho mi acostumbrada pregunta sobre lo que había en aquella habitación.

Battle lo miró con curiosidad.

—Es usted muy astuto al hacer esa pregunta.

—Sí, resulta útil. Me aclara mucho las cosas. Miss Meredith es desconfiada, muy desconfiada. Esa joven no da nada por sentado. Pero este perro viejo de Hércules Poirot ha realizado una de sus mejores tretas: le he tendido una trampa chapucera, como si fuera un aficionado. La muchacha ha mencionado una caja de joyas egipcias y yo le he preguntado si estaba al otro extremo de la habitación, frente a la mesa en la que descansaba el puñal. No ha caído en la trampa. La ha evitado diestramente y con ello ha quedado satisfecha de sí misma, descuidando su vigilancia. ¡Este era, pues, el objeto de la visita: hacerle admitir que sabía dónde estaba la daga y que la vio! Su ánimo se ha rehecho cuando ha creído que, al parecer, me derrotaba. Ha hablado luego sin cortapisas sobre las joyas. Se había fijado en muchos de sus detalles. No recordaba nada más de lo que había en la habitación, excepto que había que cambiarle el agua a un jarrón de crisantemos.

—¿Y bien? —dijo Battle.

—Eso es significativo. Suponga que no sabemos nada acerca de la muchacha. Sus palabras nos darán un indicio de su carácter. Se fija en las flores. ¿Es que le gustan, entonces? No, puesto que ha omitido mencionar un ramo de tulipanes tempranos que hubieran llamado inmediatamente la atención de cualquier aficionado a las flores. No, es la señorita de compañía la que habla, la muchacha que tiene la obligación de cambiar el agua de las flores, y, unido a todo esto, tenemos a una joven a quien le gustan las joyas. ¿No le parece que todo esto es muy sugestivo?

—¡Ah! Empiezo a comprender lo que se propone.

—Como le dije el otro día, puse mis cartas sobre la mesa. Cuando usted nos contó lo que la chica había dicho y Mrs. Oliver hizo su sorprendente declaración, mi pensamiento se dirigió enseguida hacia un punto importantísimo: el asesinato no podía haber sido cometido por lucro, puesto que miss Meredith tenía todavía que ganarse la vida después de lo ocurrido. ¿Por qué, entonces? Consideré el temperamento de la chica, tal como aparecía superficialmente. Una joven algo tímida, pobre, pero bien vestida y aficionada a las cosas buenas. El temperamento de un ladrón, más que el de un asesino. De inmediato pregunté si Mrs. Eldon era desordenada. Usted me lo confirmó y entonces hice una hipótesis. Supongamos que Anne Meredith tenía un punto flaco en su carácter, que fuera una de esas muchachas que roban pequeños objetos en las tiendas. Supongamos que, siendo pobre y gustándole las cosas buenas, le quitara unas cuantas pertenencias a su señora. Un broche, tal vez una media corona o dos, un collar de perlas. Mrs. Eldon, como era descuidada, achacaría la pérdida de estos objetos a su propio desorden. No sospecharía de su ayudante. Pero ahora supongamos un tipo diferente de señora, una señora que se diera cuenta de lo que pasaba y que acusara de robo a Anne Meredith. Este podría ser un motivo para el asesinato. Como dije la otra noche, miss Meredith podría cometer un asesinato solo si el miedo la acosaba. Sabe que su señora es capaz de demostrar el robo. Solo una cosa podría salvarla: la muerte de su señora. Por tanto, cambia las botellas y Mrs. Benson muere, convencida de que la equivocación ha sido suya, sin sospechar ni por un momento que la asustada muchacha tiene algo que ver en ello.

—Es posible. Tan solo es una hipótesis, pero es posible.

—Es algo más que posible, amigo mío: es también probable. Porque esta tarde le he tendido una trampa bien tramada, una trampa verdadera después de la que fingí tenderle antes. Si lo que sospechaba era verdad, Anne Meredith no sería nunca capaz de resistirse ante un par de medias caras. Le he rogado que me ayudara y he tenido mucho cuidado de hacerle saber que no estaba seguro del número de pares de medias que tenía. He salido de la habitación, la he dejado sola y el resultado, amigo mío, es que ahora solo tengo diecisiete pares de medias, en vez de los diecinueve que compré, y que los dos que faltan han salido de esta casa en el bolso de Anne Meredith.

—¡Fiu! —silbó el superintendente—. Ha corrido un gran riesgo.

—*Pas du tout*. ¿De qué creía ella que yo sospechaba? De un asesinato. ¿Qué riesgo se corre entonces robando unas medias de seda? Yo no busco a un ladrón. Además, el ladrón o el cleptómano siempre piensan igual: están convencidos de que nadie los descubrirá.

—Eso es verdad. Aunque es increíblemente estúpido. La cabra siempre tira al monte. Bueno, entre nosotros, creo que hemos logrado descubrir la verdad. Anne Meredith fue pillada robando. Anne Meredith cambió las botellas de un estante a otro. Sabemos que fue un asesinato, pero maldita sea si llegamos a probar nunca que la culpable fue ella. Crimen número dos realizado con éxito. Anne Meredith se libra. Pero ¿qué me dice de Shaitana? ¿Lo mató la muchacha?

Battle permaneció callado durante unos instantes y luego negó con la cabeza.

—No coincide —dijo de mala gana—. No es de las que corren un riesgo. Cambiar un par de botellas, pase. Sabía que nadie podría imputárselo. Estaba absolutamente segura, porque cualquiera pudo hacerlo. El asunto pudo haber fracasado, desde luego. Mrs. Benson podría haberse dado cuenta antes de beber el jarabe o el médico pudo haberla salvado. Fue lo que podríamos llamar un asesinato muy problemático. El éxito era muy incierto. Pero lo tuvo. Lo de Shaitana es harina de otro costal. Fue un crimen deliberado, audaz y preconcebido.

Poirot asintió.

—Estoy de acuerdo con usted. Los dos tipos de asesinato no se parecen.

—Esto parece eliminarla, por lo que se refiere a Shaitana. Roberts y la chica eliminados de la lista. ¿Qué pasa con Despard? ¿Tuvo suerte con Mrs. Luxmore?

Poirot narró sus aventuras de la tarde anterior.

—Conozco a ese tipo de señoras. No se puede distinguir lo que recuerdan de lo que inventan.

Poirot prosiguió. Describió la visita de Despard y todo lo que este le contó.

—¿Cree usted su versión de los hechos?

—Sí, la creo.

—Yo también. No es de esos que disparan contra un hombre porque quieren quedarse con su esposa. Después de todo, ¿qué cuesta conseguir el divorcio? Muchos lo hacen. Despard no tiene una carrera que pueda ser arruinada. Shaitana falló en esta ocasión. El asesino número tres no lo era en el sentido literal de la palabra.

Miró a Poirot.

—Por lo tanto, solo queda...

—Mrs. Lorrimer.

El teléfono sonó. Poirot atendió la llamada. Dijo unas pocas palabras, aguardó y volvió a hablar. Luego colgó el aparato y volvió hacia donde estaba Battle.

Su cara tenía una expresión grave.

—Era Mrs. Lorrimer. Quiere que vaya a su casa ahora.

Los dos hombres se miraron y Battle negó con la cabeza lentamente.

—¿Me equivoco al pensar que estaba usted esperando que ocurriera algo así?

—Me lo figuraba —dijo Poirot—, eso es todo. Solo me lo figuraba.

—Será mejor que vaya usted enseguida —observó Battle—. Tal vez consiga enterarse por fin de la verdad.

Capítulo 25
Mrs. Lorrimer habla

El día no era muy radiante y el salón de Mrs. Lorrimer parecía estar muy oscuro y triste. Ella misma tenía un aspecto gris y parecía mucho más vieja que en la visita anterior. Lo recibió con su habitual sonrisa de confianza.

—Ha sido usted muy amable al venir tan pronto, monsieur Poirot. Ya sé que está muy ocupado.

—Estoy a su disposición, madame —replicó el detective haciendo una reverencia.

Mrs. Lorrimer pulsó un timbre que había junto a la chimenea.

—Pediré que nos sirvan el té. No sé lo que pensará usted al respecto, pero siempre he creído que es una equivocación empezar a hacer confidencias sin haber allanado un poco el camino.

—Entonces, ¿va a haber ciertas confidencias, madame?

Mrs. Lorrimer no contestó, pues en aquel momento entró la doncella. Le dijo que sirviera el té y, en cuanto se retiró, la mujer observó con sequedad:

—Recordará usted que, cuando vino a visitarme, dijo que volvería si lo llamaba. Me figuro que tendría usted una idea formada sobre las razones que me impulsarían a ello.

Después de esto, cambiaron de tema. Trajeron el té y Mrs. Lorrimer lo sirvió, comentando inteligentemente algunos tópicos corrientes.

—He oído decir que usted y miss Meredith tomaron el té juntas hace unos días —manifestó Poirot.

—Sí. ¿La ha visto usted últimamente?

—Esta misma tarde.

—Entonces está en Londres, ¿o ha ido usted a Wallingford?

—No. Ella y su amiga han tenido la amabilidad de venir a visitarme.

—¡Ah! Su amiga. No la conozco.

—Este asesinato ha servido para *un rapprochement*. Usted y miss Meredith tomaron el té juntas. El comandante Despard también cultiva la amistad de esa joven. El doctor Roberts es quizá el único extraño a ella.

—Me lo encontré el otro día en una partida de *bridge*. Parecía tan jovial como de costumbre.

—¿Tan aficionado al *bridge* como siempre?

—Sí, haciendo las más absurdas subastas y, no obstante, a menudo consiguiendo buenos resultados.

Calló durante unos instantes.

—¿Ha visto recientemente al superintendente Battle? —preguntó.

—Esta misma tarde. Estaba conmigo cuando ha telefoneado usted.

—¿Qué tal van sus investigaciones?

—No adelanta muy rápido —respondió Poirot con gravedad—. Son lentas, pero llegará a donde se propone, madame.

—Me extrañaría. —Sus labios se plegaron en una sonrisa ligeramente irónica—. Me ha dedicado mucha atención. Creo que ha investigado en mi pasado, hasta en mi niñez. Se ha entrevistado con mis amistades y ha hablado con mis criados, tanto con los que tengo ahora como con los que me sirvieron hace años. No sé qué esperaba encontrar, pero estoy segura de que no lo ha conseguido. Debería haber aceptado lo que yo le dije. Era la verdad. Conocía a Shaitana muy superficialmente. Me lo presentaron en Luxor, como ya le conté, y nuestra amistad no tenía ningún otro significado. El superintendente no será capaz de pasar por alto estos hechos.

—Tal vez no.

—¿Y usted, monsieur Poirot? ¿Ha hecho algunas investigaciones?

—¿Respecto a usted, madame?

—Eso quería decir.

—No hubiera sacado ningún provecho.

—¿Qué es lo que quiere dar a entender con ello exactamente?

—Le seré franco, madame. Me di cuenta desde el principio de que, de las cuatro personas que estaban en el salón de Mr. Shaitana aquella noche, la que poseía el mejor cerebro y pensaba más fría y lógicamente era usted. Si hubiera tenido que apostar dinero por alguno de los cuatro, pensando en el que planeó el crimen y lo llevó a la práctica con éxito, habría apostado por usted.

—¿Debo sentirme halagada por ello?

Poirot prosiguió sin hacer el menor caso de la interrupción:

—Para que un crimen tenga éxito, generalmente es necesario un plan detallado en el que deben tenerse en cuenta todas las posibles contingencias. El tiempo debe contarse al segundo. El emplazamiento debe ser escrupulosamente correcto. Roberts podría cometer un crimen chapucero con mucha prisa y exceso de confianza en sí mismo. Despard sería probablemente demasiado prudente como para perpetrar uno y miss Meredith perdería la cabeza y se delataría. Pero usted, madame, no haría ninguna de esas cosas. Usted es inteligente y tiene sangre fría, tiene suficiente resolución y podría obsesionarse con una idea, pero sin desechar la prudencia. No es de esas mujeres que pierden la serenidad.

Mrs. Lorrimer guardó silencio mientras una ligera sonrisa entreabría sus labios.

—Eso es lo que usted piensa de mí, monsieur Poirot —dijo al fin—. Cree que soy la mujer indicada para llevar a cabo un asesinato ideal.

—Por lo menos, tiene usted la amabilidad de no ofenderse por esta opinión mía.

—La encuentro muy interesante. ¿Supone usted, por lo tanto, que soy la única persona que pudo matar con éxito a Shaitana?

Poirot replicó despacio:

—Existe una dificultad, madame.

—¿De veras? Dígame cuál es.

—Habrá advertido que acabo de decir una frase poco más o menos como esta: «Para que el crimen tenga éxito, generalmente se necesita planear cada detalle por adelantado». *Generalmente* es la palabra hacia la que quiero llamar su atención. Porque hay otro tipo de crimen afortunado. ¿No le ha dicho usted nunca a nadie, de repente: «Lanza una piedra y prueba a dar en ese árbol», y aquella persona obedece con presteza sin pensarlo y, en la mayoría de los casos, acierta a dar en el objetivo propuesto? Pero si se trata de repetir la prueba ya no es tan fácil, porque ha empezado a pensar: «Más fuerte..., no tanto..., un poco más a la derecha..., a la izquierda...». La primera fue una acción casi inconsciente en la que el cuerpo obedece al pensamiento como lo haría el cuerpo de un animal. *Eh bien*, madame, hay un tipo de crimen parecido a eso, un crimen cometido de repente, una inspiración, un destello de genialidad, sin tiempo para pensarlo. Así fue el asesinato de Shaitana. Una terrible necesidad momentánea, una inspiración fulminante y una rápida ejecución.

Poirot meneó la cabeza.

—Usted no cometería un crimen así, madame. De haberlo hecho usted, tendría que haber sido un asesinato premeditado.

—Comprendo. —Mrs. Lorrimer se abanicó con una mano como si quisiera evitar que el calor del fuego llegara hasta su rostro—. Como no fue un crimen premeditado, no pude ser yo quien lo cometiera, ¿no es eso, monsieur Poirot?

—Eso es, madame.

—Sin embargo —se inclinó hacia delante y detuvo el movimiento oscilante de su mano—, yo maté a Shaitana, monsieur Poirot...

Capítulo 26
La verdad

Hubo una pausa, una pausa muy larga.

La habitación se oscurecía por momentos. Las llamas del fuego de la chimenea crepitaban y lanzaban destellos.

Los dos personajes de aquella escena no se contemplaban mutuamente, sino que miraban las llamas con fijeza. Parecía que el tiempo se hubiera detenido.

Por fin, Poirot dio un suspiro y se agitó en su asiento.

—Así pues, eso fue todo. ¿Por qué lo mató, madame?

—Creo que usted ya lo sabe.

—¿Porque estaba enterado de algo relacionado con usted, algo que pasó hace mucho tiempo?

—Sí.

—¿Algo referente a una muerte, madame?

Ella movió afirmativamente la cabeza.

—¿Por qué me lo cuenta? —preguntó Poirot con suavidad—. ¿Por qué me ha llamado hoy?

—En cierta ocasión, me advirtió usted de que lo haría cualquier día.

—Sí, eso es. Esperaba..., sabía, madame, que respecto a usted solo existía un medio de saber la verdad. Cuando le pareciera bien dármela a conocer. De no haber querido hablar, usted nunca se hubiera delatado. Pero existía una posibilidad, la de que usted deseara contármelo.

—Fue usted muy listo al prever eso: el cansancio, la soledad... —Su voz se desvaneció.

Poirot la miró con curiosidad.

—¿Eso es lo que ha ocurrido? Sí, comprendo que ha podido ser así.

—Estoy sola, completamente sola. Nadie sabe lo que significa eso, a no ser que haya vivido, como lo he hecho yo, bajo el peso del recuerdo de lo que hizo.

—¿Sería una impertinencia, madame, que le expresara mi simpatía?

—Muchas gracias, monsieur Poirot.

Hubo otra pausa y, después, el detective habló en tono más animado.

—¿Estoy en lo cierto al pensar que consideró las palabras proferidas por Shaitana durante la cena como una amenaza que le dirigió directamente a usted?

La mujer asintió.

—Advertí enseguida que estaba hablando para una persona que le comprendía. Esa persona era yo. La referencia de que el veneno es un arma femenina iba dirigida a mí. Él lo sabía y yo lo sospeché en cierta ocasión anterior. Llevó la conversación hacia el tema de un proceso célebre y vi que no apartaba los ojos de mí. Había en su mirada una especie de pavorosa comprensión. Pero la otra noche estuve absolutamente segura de ello.

—¿Y estaba segura también de sus futuras intenciones?

Mrs. Lorrimer contestó con frialdad:

—Era muy difícil que la presencia del superintendente Battle y de usted fuera una coincidencia. Presentí que Shaitana iba a hacer una ostentación de su talento, indicándoles a ustedes dos que él había descubierto algo que nadie había sospechado.

—¿Tardó mucho en tomar una determinación, madame?

Mrs. Lorrimer titubeó.

—Es difícil recordar exactamente cuándo se me ocurrió la idea. Había visto el puñal antes de que pasáramos al comedor. Cuando volvimos al salón, lo cogí y me lo escondí en la manga. Estoy segura de que nadie me vio hacerlo.

—No hay duda de que lo llevó a cabo con destreza, madame.

—Entonces tomé la determinación de lo que iba a hacer. Solo me quedaba llevarlo a la práctica. Era arriesgado, pero consideré que valía la pena intentarlo.

—Ahí entraron en juego su sangre fría y su afortunada estimación de las posibilidades. Sí, la comprendo.

—Empezamos a jugar al *bridge*. —Su voz era fría y no demostraba emoción alguna—. Por fin, se me presentó una oportunidad. Crucé la habitación y me dirigí hacia la chimenea. Shaitana estaba dormido. Miré hacia los otros. Estaban embebidos en el juego. Me incliné hacia delante y lo hice.

Su voz se estremeció ligeramente, pero enseguida recobró su frío distanciamiento.

—Dirigí después unas palabras a mi víctima para inventarme una coartada. Hablé del fuego y, después, como si me hubiera contestado, proseguí diciendo, poco más o menos: «Estoy de acuerdo con usted. A mí tampoco me gustan los radiadores».

—¿No dio ningún grito?

—Exhaló un pequeño quejido, pero nada más. Desde lejos, tal vez sonara como unas palabras dichas por Shaitana.

—¿Y luego?

—Volví a la mesa de juego. Estaban jugando la última baza.

—¿Se sentó y volvió a jugar?

—Claro que sí.

—¿Con suficiente interés por la partida como para describirme casi todas las subastas y las manos jugadas cuando se lo pregunté dos días después?

—Sí —contestó la mujer simplemente.

—*Épatant!* —exclamó Poirot.

Se recostó en su sillón y asintió con la cabeza varias veces. Pero luego, como si pensara otra cosa, hizo un gesto negativo.

—Hay algo más, madame, que no llego a comprender.

—¿Sí?

—Me parece que existe algún factor que no he tenido en cuenta. Usted es una mujer que considera y sopesa todo con sumo cuidado. Decidió que, por determinada razón, debía correr un riesgo enorme. Lo hizo y tuvo éxito. Pero después, cuando todavía no han pasado ni dos semanas, cambia de idea. Francamente, madame, eso no me parece creíble.

—Tiene usted razón, monsieur Poirot: existe un factor que usted no conoce. ¿Le dijo miss Meredith dónde me encontró el otro día?

—Sí, creo que fue cerca de donde vive Mrs. Oliver.

—Así es. Pero me refería al nombre de la calle. Anne me encontró en Harley Street.

—¡Ah! —Poirot la miró con atención—. Empiezo a verlo claro.

—Sí, me parece que sí. Fui a ver a un especialista. Me dijo lo que yo casi había adivinado.

Su sonrisa se ensanchó. No era ya la sonrisa amarga de antes. En ella se veía una repentina dulzura.

—No jugaré mucho más al *bridge*, monsieur Poirot. El médico no me lo dijo abiertamente. Disfrazó un poco la verdad. Con mucho cuidado, etcétera, etcétera, puedo vivir unos cuantos años más. Pero no voy a cuidarme demasiado. No soy de esa clase de mujeres.

—Sí, sí, empiezo a comprender.

—Todo esto hace que las cosas cambien. Un mes, tal vez dos meses, pero no más. Salía de casa del especialista cuando vi a miss Meredith. Le pedí que me acompañara a tomar el té.

Calló durante unos segundos.

—Desde luego, no soy una mujer de malos sentimientos —prosiguió—. Mientras tomábamos el té estuve recapacitando. Con lo que había hecho la otra noche no solo había privado de vida a Shaitana, eso estaba hecho y no podía enmendarse, sino que, en diversos grados, había afectado desfavorablemente la vida de otras tres personas. A causa de lo que hice, Roberts, Despard y Anne Meredith, ninguno de los cuales me había perjudicado en lo más mínimo, estaban pasando por una prueba muy dura y hasta podían encontrarse en peligro. Esto, por lo menos, sí que podía arreglarlo. No creo que me conmovieran mucho Roberts y Despard, aunque ambos seguramente tengan mucha más vida por delante de la que yo tengo. Son hombres y, en cierto sentido, pueden cuidar de sí mismos. Pero cuando vi a Anne Meredith...

Vaciló un instante y luego, con su peculiar aplomo, continuó:

—Anne Meredith no es más que una muchacha. Tiene por delante toda la vida y este horrible asunto podría arruinársela. Me desagradó la idea de que sucediera algo así. Después, monsieur Poirot, todo ello tomó cuerpo en mi imaginación y me di cuenta de que lo insinuado por usted se había convertido en realidad. Y esta tarde le he telefoneado.

Poirot se inclinó hacia delante. En la penumbra, miró fijamente a Mrs. Lorrimer. Con sosiego, sin ningún signo de nerviosismo, ella le devolvió aquella intensa mirada.

—Mrs. Lorrimer, ¿está usted segura, insiste (me dirá la verdad, ¿no es cierto?) en que el asesinato de Mr. Shaitana no fue premeditado? ¿En que usted no planeó el crimen de antemano, en que acudió a la cena sin haberlo previsto en su pensamiento?

La mujer continuó mirándolo con la misma fijeza durante un momento y después dijo con determinación:

—Sí.

—¿No planeó usted el crimen anticipadamente?

—Claro que no.

—Entonces... entonces está mintiendo. ¡Tiene que estar mintiéndome!

—Verdaderamente, monsieur Poirot, parece haber olvidado sus buenos modales —le reprochó la mujer con una voz fría como el hielo.

El hombre se levantó de un salto. Paseó de un lado a otro por la habitación, murmurando para sí mismo y lanzando imprecaciones. De pronto, dijo:

—¿Me permite? —Se dirigió hacia el interruptor y encendió la luz. Volvió otra vez a su asiento, puso las manos sobre las rodillas y se quedó mirando a Mrs. Lorrimer—. La pregunta es: ¿puede equivocarse Hércules Poirot?

—Nadie puede tener siempre razón —comentó la mujer con frialdad.

—Pues yo sí. Yo siempre la tengo. Es algo tan invariable que hasta me estremece. Pero ahora parece como si estuviera equivocado y eso me trastorna. Es de presumir que sepa usted lo que está diciendo. Al fin y al cabo, usted lo hizo. Resulta fantástico entonces que Hércules Poirot sepa mucho mejor que usted de qué forma se cometió el asesinato.

—Fantástico y absolutamente absurdo —dijo Mrs. Lorrimer con la misma frialdad que antes.

—Entonces, estoy loco. Decididamente, estoy loco. No, *sacré nom d'un petit bonhomme*. ¡No estoy loco! Tengo razón. Debo estar en lo cierto. Estoy dispuesto a creer que usted mató a Shaitana, pero no pudo usted hacerlo de la forma en que me ha dicho. Nadie puede hacer algo que no esté *dans son caractère*.

Calló y Mrs. Lorrimer aspiró aire con aspecto colérico, como si fuera a hablar. Pero Poirot se le adelantó.

—O el asesinato de Shaitana se planeó de antemano, ¡o usted no lo cometió!

—En realidad, creo que está usted loco, monsieur Poirot. Si estoy dispuesta a confesar que yo cometí el crimen, no creo que deba mentir sobre la forma en que lo llevé a cabo. ¿Qué objeto tendría algo así?

Poirot se levantó de nuevo y dio una vuelta por la habitación. Cuando volvió a sentarse, sus modales habían cambiado. Otra vez era cortés y amable.

—Usted no mató a Shaitana. Ahora me doy cuenta. Me doy cuenta de todo. Harley Street y la pequeña Anne Meredith desamparada en la acera. Veo también a otra muchacha, hace mucho tiempo, una muchacha que también tuvo que ir sola por la vida, terriblemente sola. Sí, lo veo perfectamente. Pero hay una cosa que no acabo de entender: ¿por qué está usted tan segura de que lo hizo Anne Meredith?

—La verdad, monsieur Poirot...

—Es inútil que proteste, que siga mintiéndome, madame. Le aseguro que conozco la verdad. Conozco las emociones que experimentó el otro día en Harley Street. No lo hubiera hecho por Roberts, ¡no! Ni tampoco por Despard, *non plus*. Pero Anne Meredith es diferente. Tuvo usted compasión de ella porque había hecho lo que hizo usted en cierta ocasión. No sabe usted, según creo, ni la razón que ella tuvo para cometer el crimen. Pero estaba usted segura de que la joven lo hizo. Estaba usted segura de ello desde la misma noche en que ocurrió, cuando el superintendente Battle la invitó a que expusiera su opinión sobre el caso. Sí, ya ve que lo sé todo. No ganará nada si sigue usted mintiéndome. ¿Me comprende?

Calló, esperando una respuesta, pero no llegó ninguna. Hizo un gesto afirmativo de satisfacción.

—Sí, es usted razonable. Eso está mejor. Ha llevado a cabo una acción muy noble achacándose la culpabilidad del asesinato para que la muchacha escape.

—Olvida usted —observó Mrs. Lorrimer con aspereza— que no soy una mujer inocente. Hace años maté a mi marido, monsieur Poirot.

Se produjo un silencio momentáneo.

—Sí —dijo el detective—. Es justo. Después de todo, no es más que justicia. Tiene usted una mente lógica. Está dispuesta a sufrir las consecuencias del acto que cometió. El asesinato es un crimen, no importa quién sea la víctima. Madame, tiene usted valor y una clara visión de las cosas. Pero le pregunto una vez más: ¿cómo puede estar tan segura? ¿Cómo sabe que fue Anne Meredith quien mató a Mr. Shaitana?

Mrs. Lorrimer lanzó un profundo suspiro. Su última resistencia se había desmoronado ante la insistencia de Poirot. Contestó a sus preguntas con la naturalidad y la simpleza con que lo haría un niño:

—Porque vi cómo lo hacía.

218

Capítulo 27
Testigo presencial

Poirot rompió a reír. No pudo contenerse. Echó la cabeza hacia atrás y su resonante risa gala inundó la habitación.

—*Pardon,* madame —dijo enjugándose los ojos—. No puedo aguantarme. ¡Hemos estado discutiendo y razonando! ¡Hemos hecho preguntas! Invocamos la psicología y, mientras tanto, había un testigo ocular del crimen. Oriénteme, se lo ruego.

—Fue cuando la velada estaba bastante avanzada. Las cartas de Anne Meredith las jugaba su compañero y ella se levantó para ver el juego de él. Luego dio una vuelta por el salón. La mano no era muy interesante, pues se veía claro su final. Y justamente cuando íbamos a hacer las últimas tres bazas, levanté la vista y miré hacia la chimenea. Anne Meredith estaba inclinada sobre Shaitana. Seguí mirando. Ella se incorporó, su mano había estado sobre el pecho de él, un gesto que despertó mi sorpresa. Como he dicho, ella se enderezó. Le vi la cara y la rápida mirada que dirigió hacia nosotros. Culpabilidad y miedo, eso fue lo que vi en su rostro. Entonces, como es natural, yo no sabía lo que había ocurrido. Únicamente me preguntaba qué podía estar haciendo aquella chica. Después lo supe.

Poirot asintió.

—Pero ella no sabía que estaba usted enterada de aquello. ¿Se dio cuenta de que la había visto?

—Pobre niña. Una joven asustada teniendo que abrirse camino en el mundo. ¿Le extraña que me callara?

—No, no me extraña.

—Especialmente, sabiendo que yo..., que yo misma... —terminó la frase con un estremecimiento—. No podía, de ningún modo, convertirme en acusadora. Eso quedaba para la policía.

—Estoy de acuerdo, aunque hoy ha ido usted mucho más allá.

—Nunca he sido una mujer compasiva ni de corazón blando, pero supongo que esas cualidades crecen en una a medida que se hace vieja. Le aseguro que no he obrado demasiadas veces movida por la piedad.

—Esa forma de actuar no resulta siempre conveniente, madame. Miss Anne es joven, frágil y parece tímida y asustada. Sí, en apariencia es muy digna de compasión. Pero yo no estoy de acuerdo con ello. ¿Quiere que le diga por qué miss Meredith mató a Shaitana? Porque él sabía que la muchacha había matado previamente a una anciana que la empleó como señorita de compañía. La asesinó porque su señora la encontró cometiendo un robo.

—¿Es cierto eso, monsieur Poirot?

—No tengo la menor duda. Se diría que es muy delicada y muy dulce. ¡Bah! La pequeña Anne es peligrosa, madame. Cuando su propia seguridad o su comodidad se ven en peligro, es capaz de golpear con fuerza, a traición. Estos dos crímenes no hubieran sido el final para miss Anne. Habrían acrecentado su confianza.

—Lo que dice usted es horrible, monsieur Poirot. ¡Horrible!

El detective se levantó.

—Me marcho, madame. Reflexione sobre lo que le he dicho.

—En caso de que me convenga, monsieur Poirot, negaré todo lo que acabamos de hablar. Recuerde que no hemos tenido testigos. Lo que le he contado es absolutamente confidencial.

—No se hará nada sin su consentimiento, madame. No se preocupe, yo tengo métodos especiales. Ahora sé lo que debo hacer.

Tomó la mano de la mujer y se la llevó a los labios.

—Permítame que le diga, madame, que es usted una mujer extraordinaria. Le rindo homenaje y reciba mis respetos. Sí, es usted una mujer como hay pocas. Incluso ha hecho lo que novecientas noventa y nueve mujeres de cada mil no hubieran podido evitar.

—¿Qué es eso?

—Dejar de contarme por qué mató a su marido y qué causas, en realidad, justificaron tal proceder.

Mrs. Lorrimer se levantó a su vez.

—Monsieur Poirot, esas razones son de mi absoluta incumbencia.

—*Magnifique!* —exclamó Poirot y, después de besarle de nuevo la mano, salió de la habitación.

Hacía frío en la calle y miró en todas direcciones buscando un taxi, pero no vio ninguno. Se encaminó hacia King's Road.

A medida que avanzaba, su imaginación trabajaba a toda máquina. De vez en cuando, hacía gestos afirmativos con la cabeza y una de las veces la movió para negar.

Miró hacia atrás. Alguien subía los peldaños que conducían a la puerta de Mrs. Lorrimer. Por su figura, parecía Anne Meredith. Titubeó unos segundos, preguntándose si debía volver o no, pero al final reanudó su paseo.

Al llegar a casa se encontró con que Battle se había ido sin dejar ningún mensaje. Telefoneó al superintendente.

—¡Diga! —dijo la voz de Battle—. ¿Ha conseguido algo?

—*Je crois bien. Mon ami*, debemos ir tras miss Meredith y con rapidez.

—Ya voy tras ella, pero ¿por qué tanta prisa?

—Porque puede ser peligrosa, amigo mío.

Battle calló durante algunos instantes.

—Ya sé a qué se refiere —dijo al fin—. Pero no hay..., bueno, no debemos dejarlo al azar. Acabo de enviarle una nota oficial en la que le anuncio mi visita para mañana. He pensado que lo mejor sería tenerla un poco indecisa sobre nuestros propósitos.

—No está mal. ¿Podré acompañarle?

—Naturalmente. Será un honor gozar de su compañía, monsieur Poirot.

El detective colgó el teléfono. Le embargaba una gran preocupación que se reflejaba en su rostro.

Se sentó un rato frente al fuego con el ceño fruncido, hasta que, por fin, desechando sus dudas y temores, se acostó.

—Veremos qué pasa mañana —murmuró.

Sin embargo, no tenía idea de lo que traería la luz del nuevo día.

Capítulo 28
Suicidio

La llamada llegó en el momento en que Poirot tomaba el desayuno. Cogió el teléfono y oyó la voz de Battle.

—¿Monsieur Poirot?

—Sí, soy yo. *Qu'est-ce qu'il y a?*

La sola inflexión de la voz del superintendente le dijo que algo había ocurrido. Los recelos de la noche anterior volvieron a acosarle.

—Rápido, amigo mío, dígame.

—Mrs. Lorrimer.

—Lorrimer..., ¿sí?

—¿Qué diablos le dijo usted o qué le contó ella ayer? No me indicó usted nada. Al contrario, me dejó pensar que era a miss Meredith a quien debíamos vigilar.

—¿Qué ha pasado?

—Suicidio.

—¿Mrs. Lorrimer se ha suicidado?

—Eso es. Parece ser que estaba muy deprimida y que últimamente no parecía la misma. Su médico le ordenó que tomara cierto somnífero. Ayer por la noche se administró la última dosis.

—¿Está seguro de que no fue un accidente?

—Por completo. Todo estaba bien preparado. Escribió a los otros tres.

—¿Qué otros tres?

—A Despard, a Roberts y a miss Meredith. Lo expuso

todo clara y llanamente sin andarse por las ramas. Escribió diciéndoles que estaba dispuesta a terminar con aquella situación, que fue ella quien mató a Shaitana y que les presentaba sus excusas... ¡sus excusas!, por las molestias que habían sufrido por su causa. Una carta propia de su carácter. Conservó su sangre fría hasta el final.

Aquella era, pues, la última palabra de Mrs. Lorrimer. Al final había tomado la determinación de proteger a Anne Meredith. Una muerte rápida y sin dolor en lugar de la que le esperaba tras un prolongado sufrimiento. Una última acción altruista: la salvación de la muchacha por la que sentía una secreta simpatía. Todo lo había planeado y llevado a la práctica con eficacia despiadada: un suicidio anunciado cuidadosamente a los tres interesados. ¡Qué mujer! Su admiración por ella creció de pronto. Lo ocurrido encajaba a la perfección con la manera de ser de Mrs. Lorrimer: su determinación manifiesta, su insistencia en llevar a la práctica lo que se había propuesto.

Poirot pensó que la había convencido, pero evidentemente ella había preferido seguir su propia opinión. Era una mujer de voluntad férrea.

La voz de Battle lo sacó de sus meditaciones.

—¿Qué diablos le dijo usted ayer? Debió de ponerla sobre aviso y este ha sido el resultado. No obstante, dio usted a entender que la consecuencia de su entrevista había sido confirmar las sospechas sobre miss Meredith.

Poirot no contestó. Se daba perfecta cuenta de que, una vez muerta, Mrs. Lorrimer lo obligaba más a seguir su voluntad que si hubiera estado viva.

—Estaba equivocado —admitió.

Eran unas palabras desacostumbradas en la boca del detective, quien detestaba decirlas.

—Se equivocó, ¿eh? —dijo Battle—. Por lo visto, la mujer debió de creer que iba usted por ella. No estuvo usted muy acertado al dejar que se nos escapara de las manos de este modo.

—No hubiera podido probar nada contra ella.

—No, supongo que no. Tal vez haya sido lo mejor. Usted..., ejem..., no tenía la intención de que pasara esto, ¿verdad, monsieur Poirot?

—Dígame exactamente lo ocurrido.

—Roberts ha recibido la carta algo antes de las ocho. No ha perdido el tiempo y ha salido a escape con su coche, dejando a su doncella el encargo de que nos comunicara lo que había pasado. Cuando ha llegado a la casa, se ha enterado de que Mrs. Lorrimer no había llamado aún. Ha subido a la habitación, aunque ya era demasiado tarde. Le ha practicado la respiración artificial, pero ha sido inútil. Nuestro médico, que ha llegado poco después, ha aprobado su tratamiento.

—¿Cuál era el somnífero?

—Veronal, según creo. Uno de los que pertenecen al grupo de los barbitúricos. Se ha encontrado un tubo de pastillas al lado de la cama.

—¿Qué ha pasado con los otros dos? ¿Han tratado de ponerse en contacto con usted?

—Despard no está en la ciudad. Por lo tanto, no habrá recibido el correo de esta mañana.

—¿Y miss Meredith?

—Acabo de telefonearla.

—*Eh bien?*

—Había abierto la carta un momento antes de que yo llamara. El correo llega tarde allí.

—¿Cómo ha reaccionado?

—Con una actitud perfectamente apropiada a las circunstancias: un notable alivio, decentemente velado. Conmovida y apesadumbrada, ya sabe cómo son estas cosas.

—¿Dónde está usted ahora, amigo mío?

—En Cheyne Lane.

—*Bien*. Voy allí inmediatamente.

En el vestíbulo de Cheyne Lane, Poirot encontró a Roberts, que se disponía a marcharse. La jovialidad del médico parecía ausente aquella mañana. Se le veía pálido y parecía conmovido.

—Mal asunto este, monsieur Poirot. No niego que me siento aliviado desde mi propio punto de vista, pero si he de decirle la verdad, ha sido un duro golpe. En realidad, no pensé ni por un instante que Mrs. Lorrimer hubiera apuñalado a Shaitana. Me he llevado una sorpresa grandísima.

—Yo también.

—Era una mujer muy equilibrada, de buena educación y que sabía contenerse. No puedo imaginármela haciendo una cosa como esa. ¿Cuál fue el motivo? Ahora nunca podremos saberlo, aunque reconozco que siento curiosidad.

—Lo que ha ocurrido debe de haberle quitado un gran peso de encima.

—Sin ningún género de duda. Sería hipócrita si no lo admitiera. No resulta muy agradable tener sobre la cabeza una sospecha de asesinato. Por lo que atañe a la pobre mujer..., bueno, tal vez ha sido la mejor forma de acabar con el asunto.

—Eso mismo debía de pensar ella.

Roberts asintió.

—Supongo que habrán sido los remordimientos —comentó mientras salía de la casa.

Poirot meneó la cabeza pensativamente. El médico no sabía cuál era la situación real. No fueron los remordimientos los que le hicieron quitarse la vida a Mrs. Lorrimer.

Cuando subía hacia el piso superior, se detuvo para decir unas cuantas palabras de consuelo a la anciana doncella, que sollozaba calladamente.

—Ha sido horrible, señor. Horrible. Todos la queríamos mucho. Y pensar que ayer mismo tomó usted el té con ella y estaba tan amable y sosegada. Y hoy se ha ido. Nunca olvidaré esta mañana, por mucho que viva. El caballero ha llamado con insistencia al timbre. Ha tenido que llamar tres veces antes de que yo acudiera. «¿Dónde está su señora?», me ha dicho de sopetón. Yo estaba aturdida y no podía contestarle. Nunca entrábamos en la habitación de la señora hasta que ella llamaba, así nos lo tenía ordenado. Yo no sabía qué hacer. Entonces el doctor me ha preguntado: «¿Dónde está su habitación?». Ha corrido escaleras arriba y yo le he seguido, le he indicado cuál era la puerta del dormitorio y ha entrado sin llamar. La señora estaba tendida en la cama y el médico, después de echarle una ojeada, ha dicho: «Es demasiado tarde». Estaba muerta, señor. Pero el doctor me ha ordenado que trajera coñac y agua caliente y, mientras tanto, ha tratado desesperadamente de hacerla volver en sí, aunque no lo ha conseguido. Y luego ha llegado la policía y... No ha estado bien todo lo que han hecho. A Mrs. Lorrimer no le habría gustado. ¿Por qué tenía que intervenir la policía? No tenía nada que ver con esto, aun en el caso de que la pobre señora hubiera tomado una dosis doble de somníferos por equivocación.

Poirot no replicó a estas cuestiones, pero preguntó:

—¿Su señora se comportó anoche como de costumbre? ¿Parecía preocupada o turbada por algo?

—No. No lo creo, señor. Estaba cansada y me figuro que le dolía algo. Estos últimos meses no estaba muy bien de salud, señor.

—Sí, ya lo sé.

La simpatía de su tono hizo que la mujer prosiguiera con sus explicaciones.

—No era de las que se quejaban, pero de un tiempo a esta parte la cocinera y yo estábamos preocupadas por ella. No podía hacer muchas cosas a las que antes estaba acostumbrada, se cansaba enseguida. Tal vez la joven que vino anoche, después de que usted se marchara, agotó sus fuerzas.

Con el pie puesto ya sobre uno de los peldaños de la escalera, Poirot se volvió hacia la mujer.

—¿La joven? ¿Vino anoche una joven?

—Sí, señor. Justamente cuando acababa usted de salir. Dijo que se apellidaba Meredith.

—¿Estuvo mucho rato?

—Cerca de una hora, señor.

—¿Qué pasó después?

—La señora se acostó. Le serví la cena en la cama. Dijo que estaba muy cansada.

—¿Sabe usted si su señora escribió alguna carta ayer por la noche?

—¿Quiere usted decir después de acostarse? No lo creo, señor.

—Pero no está segura.

—Sobre la mesa del vestíbulo había unas cuantas cartas, listas para echarlas al correo, señor. Las recogemos por la noche, es lo último que hacemos antes de cerrar. Pero creo que estaban allí desde primera hora de la mañana.

—¿Cuántas había?

—Dos o tres, no estoy segura, señor. Me parece que eran tres.

—Usted o la cocinera, quien quiera que las echara al correo, ¿leyeron los nombres de las personas a quienes iban dirigidas? No se ofenda por mi pregunta. Es de la mayor importancia.

—Yo fui quien las echó al correo, señor. Me fijé en la que estaba encima. Iba dirigida a Fortnum & Mason. Las otras dos no las miré.

El tono de la mujer era serio y sincero.

—¿Está usted segura de que no había más que tres cartas?

—Sí, señor. Completamente segura.

Poirot asintió. Pareció como si fuera a subir de nuevo el primer peldaño de la escalera, pero se detuvo y dijo:

228

—Tengo entendido que su señora tomaba pastillas para dormir.

—Sí, señor. Así se lo ordenó el médico, el doctor Lang.

—¿Dónde las guardaba?

—En un armario que hay en la habitación de la señora.

Poirot no hizo más preguntas. Subió la escalera. Su rostro tenía una expresión sumamente grave.

Battle le saludó con una expresión preocupada.

—Me alegro de que haya venido, monsieur Poirot. Permítame que le presente al doctor Davidson.

El forense estrechó la mano del detective. Era un hombre alto y de aspecto melancólico.

—La suerte nos ha vuelto la espalda. Si hubiéramos llegado dos horas antes, la habríamos salvado.

—¡Hum! —refunfuñó Battle—. No debo decirlo oficialmente, pero no lo siento demasiado. Era una..., bueno, era una dama. No conozco los motivos que tuvo para matar a Shaitana, pero tal vez tenía alguna justificación plausible.

—De todos modos —observó Poirot—, no creo que hubiera vivido lo bastante como para asistir a su juicio. Estaba muy enferma.

El médico asintió.

—Estoy de acuerdo con usted. Bien, quizá sea mejor así.

Se dirigió hacia la escalera y Battle lo siguió.

—Un momento, doctor. ¿Puedo entrar? —preguntó Poirot desde la puerta.

—Desde luego. Nosotros ya hemos terminado.

El detective entró en la habitación y cerró la puerta. Se dirigió hacia la cama y se quedó mirando aquella cara de expresión sosegada y pálida.

Poirot estaba muy inquieto.

¿Había bajado aquella mujer al sepulcro con un último y determinado esfuerzo por salvar a una muchacha de la desgracia y de la muerte, o existía una explicación diferente y mucho más siniestra? Teniendo en cuenta ciertos hechos...

De repente, se inclinó y examinó una contusión oscura y algo descolorida que se veía en el brazo derecho de la mujer.

Se incorporó de nuevo. En sus ojos relució un destello felino que ciertas personas relacionadas íntimamente con el famoso detective hubieran reconocido de inmediato.

Salió con paso apresurado de la habitación y bajó las escaleras. Battle y uno de sus subordinados estaban junto al teléfono. El agente colgó el auricular.

—Todavía no ha regresado, señor.

—Despard —explicó Battle—. Estoy tratando de localizarlo. Hay una carta para él con un matasellos de Chelsea.

Poirot hizo una pregunta al parecer absurda:

—¿Había desayunado el doctor Roberts cuando ha venido aquí?

Battle lo miró fijamente.

—No. Recuerdo que lo ha estado comentando.

—Entonces debe de estar ahora en casa. Lo podremos encontrar allí sin duda.

—¿Para qué?

Poirot cogió el teléfono y marcó un número.

—¿El doctor Roberts? ¿Hablo con el doctor Roberts? *Mais oui*, soy Poirot. Solo una pregunta: ¿está usted familiarizado con la letra de Mrs. Lorrimer?

—¿Con la letra de Mrs. Lorrimer? Yo..., yo no recuerdo haberla visto antes de recibir su carta esta mañana.

—*Je vous remercie*.

—¿Qué genial idea se le ha ocurrido ahora, monsieur Poirot? —preguntó Battle.

El detective lo cogió del brazo.

—Oiga esto, amigo mío. Pocos minutos después de salir yo de esta casa, ayer por la noche, llegó Anne Meredith. Vi cómo subía la escalinata, aunque entonces no estuve seguro de que fuese ella. Justo después de salir la joven, Mrs. Lorrimer se acostó. Según dice la doncella, no escribió ninguna carta entonces y, por razones que comprenderá cuando le cuente lo que hablamos durante mi entrevista con Mrs. Lorrimer, no creo que ella hubiera escrito esas cartas antes de mi visita. ¿Cuándo las escribió entonces?

—¿Después de que se acostaran las criadas? —sugirió Battle—. Se levantó y fue ella misma a echarlas al correo.

—Es posible. Pero existe otra posibilidad: la de que ella no las escribiera.

Battle lanzó un silbido.

—¡Dios mío! ¿Qué quiere usted decir?

Sonó el teléfono. El sargento atendió la llamada, escuchó durante un momento y luego se dirigió a Battle.

—Es el sargento O'Connor desde el piso de Despard, señor. Parece ser que Despard ha ido a Wallingford-on-Thames.

Poirot volvió a coger a Battle del brazo.

—Deprisa, amigo mío. Debemos ir también a Wallingford. Le aseguro que no tengo la conciencia tranquila. Puede que esto no sea el final. Le repito que esa joven es peligrosa.

Capítulo 29
Accidente

—Anne —dijo Rhoda.

—¿Mmm?

—No, Anne. No me contestes con el pensamiento puesto en ese crucigrama. Necesito que me escuches con mucha atención.

—Ya lo hago.

Anne se enderezó y dejó el periódico sobre sus rodillas.

—Así está mejor. Oye, Anne —Rhoda titubeó—, es sobre ese hombre que ha de venir.

—¿El superintendente Battle?

—Sí, Anne. Quisiera que le contaras lo de que estuviste con Mrs. Benson.

—¡Tonterías! ¿Por qué debería hacerlo?

—Porque..., bueno..., puede parecer como si te hubieras callado algo. Estoy segura de que será mejor que se lo digas.

—Ahora ya no puedo hacerlo —replicó Anne con sequedad.

—Desearía que lo hubieras hecho antes que nada.

—Es demasiado tarde para preocuparse ahora de ello.

—Sí —dijo Rhoda, aunque no pareció quedarse convencida.

—De todas formas, no veo razón para que deba hacerlo. No tiene nada que ver con lo de ahora.

—No, desde luego que no.

—Estuve allí solamente unas semanas. El superintendente necesita estas cosas como..., bueno, como antecedentes. Y unas pocas semanas no cuentan.

—No. Ya lo sé. Supongo que será una tontería, pero esto me ha estado preocupando un poco. Opino que debes decírselo. Ten en cuenta que, si se enteran por otras vías, parecerá sospechoso que te lo hayas callado.

—No sé cómo podrían enterarse. Nadie lo sabe, excepto tú.

—¿Yo..., solo yo...?

Anne se dio cuenta de la ligera indecisión con que sonó la voz de Rhoda.

—¿Quién más lo sabe?

—Todos los que viven en Combrease.

—¡Bah! —Anne pareció rechazar aquella sugerencia encogiéndose de hombros—. No creo que el superintendente hable con nadie de allí. Si lo hiciera, sería una coincidencia.

—Las coincidencias se dan a veces.

—Rhoda, te preocupas demasiado por esto. Son ganas de hablar.

—Lo siento. Pero ya sabes lo que pensará la policía si creen que estás..., que estás ocultando algo.

—No lo sabrán. ¿Quién iba a decírselo? Nadie lo sabe, excepto tú.

Era la segunda vez que decía estas palabras. Pero, en esta repetición, su voz cambió. Algo raro y especulativo pareció notarse en ella.

—¡Oh, querida! Querría que lo hicieras —dijo Rhoda.

Dirigió una mirada culpable a su amiga, pero Anne no la miraba entonces. Mantenía el entrecejo fruncido, como si estuviera haciendo algún cálculo.

—Resultará agradable que vuelva a visitarnos el comandante —opinó Rhoda.

—¿Qué? ¡Ah, sí!

—Anne, ese chico es muy interesante. Si no lo quieres, ¡cédemelo, por favor!

—No seas absurda, Rhoda. No le intereso lo más mínimo.

—Entonces, ¿por qué vuelve? Está claro que le gustas. Eres precisamente la heroína en peligro que desearía salvar. Pareces desamparada, Anne.

—Es igualmente agradable con las dos.

—Eso lo hace solo por cortesía. Pero si no lo quieres, actuaré como una buena amiga: trataré de consolar su corazón destrozado, etcétera. Y al final conseguiré que se fije en mí. ¿Quién sabe? —concluyó Rhoda.

—Estoy segura de que serás bien recibida por él —dijo Anne riendo.

—Tiene una espalda tan ancha —suspiró Rhoda—. Está tostado por el sol y es muy musculoso.

—¿Tienes que decir esas cosas?

—¿Te gusta, Anne?

—Sí, mucho.

—¿Acaso no somos elegantes y formales? Creo que le gusto un poco. No tanto como tú, pero un poquito.

—Tú le gustas más.

Se notó otra vez un tono desusado en su voz, aunque Rhoda no se percató.

—¿A qué hora vendrá nuestro sabueso?

—A las once —respondió Anne.

Calló durante unos instantes.

—Son solo las diez y media —dijo por fin—. Vamos hacia el río.

—¿No dijo el comandante que vendría a las once?

—¿Por qué razón tenemos que esperarlo? Le dejaremos un recado a Mrs. Astwell diciéndole dónde vamos y que él venga a buscarnos al camino de sirga.

—Eso es, ¡hazte valer!, como siempre decía mamá —rio Rhoda—. Entonces, vamos.

Salió de la habitación al jardín. Anne la siguió.

Despard llegó a Wendon Cottage diez minutos más tarde. Sabía que se había adelantado a la hora fijada, por lo que se sorprendió al enterarse de que las dos muchachas se habían ido.

Atravesó el jardín y los prados que había más allá y torció hacia la derecha por el camino de sirga.

Mrs. Astwell se quedó en la puerta mirando cómo se alejaba el joven, en lugar de volver a sus tareas domésticas.

«Está enamorado de una de las dos —se dijo—. Creo que de miss Anne, pero no estoy segura. El chico no lo deja entrever por la expresión. A las dos las trata de la misma manera. No estoy segura tampoco de que ambas no estén enamoradas de él. Si es así, no durará mucho la amistad que las une. No hay nada peor que un caballero interponiéndose entre dos muchachas.»

Ante la agradable perspectiva de asistir al nacimiento de un amor, Mrs. Astwell volvió a entrar en la casa. Estaba fregando la vajilla del desayuno cuando volvió a sonar el timbre de la puerta.

—Otra vez ese timbre —refunfuñó—. Parece que lo hagan a propósito. Supongo que será algún paquete o un telegrama.

Fue a abrir sin apresurarse.

Eran dos caballeros. Uno de ellos, pequeño y de aspecto extranjero, y el otro, inglés de pies a cabeza, alto y corpulento. Recordaba haber visto a este último hacía poco.

—¿Está en casa miss Meredith? —preguntó el más alto.

—Acaba de marcharse.

—¿De veras? ¿Hacia dónde? No la hemos visto.

Mrs. Astwell, después de estudiar con disimulo el extraordinario bigote del otro caballero y pensar que decididamente formaban una pareja muy rara para tratarse de dos amigos, les facilitó más información.

—Ha ido hacia el río —explicó.

—¿Y la otra señorita? ¿Miss Dawes? —preguntó el caballero del bigote.

—Se han ido juntas.

—Muchas gracias —dijo Battle—. Vamos a ver: ¿qué camino debemos seguir para llegar al río?

—Tuerzan por la izquierda y sigan por el sendero —contestó Mrs. Astwell con rapidez—. Cuando lleguen al camino de sirga, sigan por la derecha. Las he oído decir que iban por allí. —Y añadió—: No hace ni un cuarto de hora que se han marchado. Las encontrarán enseguida.

«¿Quiénes serán estos dos? No puedo recordar si los conozco o no», pensó la mujer cuando cerró con desgana la puerta, después de contemplar pensativamente la espalda de los dos hombres que se alejaban.

Mrs. Astwell volvió a la cocina mientras Battle y Poirot daban la vuelta hacia la izquierda, como les habían indicado.

El belga caminaba apresuradamente y Battle lo miraba de vez en cuando con curiosidad.

—¿Ocurre algo, monsieur Poirot? Parece que tiene usted mucha prisa.

—Es verdad. Estoy intranquilo, amigo mío.

—¿Sobre algo en particular?

—No. Pero todo es posible. Nunca se sabe.

—Usted tiene algo en el pensamiento —dijo Battle—. Ha querido que viniéramos esta mañana sin perder un momento y puedo asegurar que el agente Turner ha pisado a fondo el acelerador gracias a usted. ¿Qué es lo que teme? La muchacha ha quemado su último cartucho.

Poirot no contestó.

—¿Qué es lo que teme? —repitió Battle.

—¿Qué es lo que teme uno en estos casos?

—Tiene usted razón. Me pregunto si...

—¿Qué es lo que se pregunta usted?

—Me pregunto si miss Meredith se habrá enterado de que su amiga le contó cierta cosa a Mrs. Oliver.

Poirot asintió con vigorosa convicción.

—Deprisa, amigo mío.

Recorrieron apresuradamente la orilla del río. No había ninguna embarcación visible sobre la superficie del agua, pero al dar la vuelta a un recodo Poirot se detuvo. La rápida mirada de Battle también vio lo mismo.

—Es Despard —dijo.

Despard corría por la orilla del río, unas doscientas yardas delante de ellos.

Un poco más lejos se veía a las dos muchachas, en medio de la corriente, sobre una pequeña barca de fondo plano. Rhoda hacía avanzar la barquichuela mediante una pértiga. Anne estaba tendida en el fondo de la embarcación y en aquel momento se reía. Ninguna de ellas miraba hacia la orilla.

Entonces ocurrió. Anne extendió la mano, Rhoda se tambaleó y cayó al agua. Vieron el desesperado manotazo que la muchacha dio a la manga de Anne.

La barca osciló y, por fin, se volcó y las dos jóvenes se debatieron en el agua.

—¿Lo ha visto? —exclamó Battle mientras empezaba a correr—. Miss Meredith ha cogido por el tobillo a su amiga y la ha lanzado por la borda. ¡Dios mío, este es su cuarto asesinato!

Ambos corrían todo lo que sus piernas les permitían, pero alguien iba delante de ellos. Estaba claro que ninguna de las dos muchachas sabía nadar. Despard corrió por la orilla hasta el punto más cercano a ellas, se lanzó al agua y nadó hacia donde se debatían angustiosamente las dos jóvenes.

—*Mon Dieu!* Esto es interesante —exclamó Poirot cogiendo por la manga a su amigo—. ¿A cuál de las dos socorrerá primero?

Las muchachas no estaban juntas. Las separaban unas doce yardas.

Despard nadaba vigorosamente hacia ellas sin ninguna vacilación en sus movimientos. Se dirigía directamente hacia Rhoda.

Battle, por su parte, llegó a la orilla y se zambulló, mientras Despard llevaba a Rhoda hasta la orilla. La dejó allí y volvió a meterse en el agua, nadando hacia donde Anne acababa de hundirse.

—Tenga cuidado —advirtió Battle—. Hay mucho fango y hierbajos. —El joven y Battle llegaron al mismo tiempo, pero Anne se había hundido antes de que los dos hombres pudieran cogerla.

Por fin la encontraron y la llevaron a la orilla.

Poirot estaba atendiendo a Rhoda. La muchacha comenzaba a respirar con normalidad.

Despard y Battle tendieron en el suelo a Anne Meredith.

—Hay que hacerle la respiración artificial —dijo el superintendente—. No se puede hacer nada más. Aunque me temo que ya es tarde.

Empezó a trabajar metódicamente y Poirot se puso a su lado, dispuesto a relevarle si hacía falta.

Despard se arrodilló junto a Rhoda.

—¿Se encuentra bien? —dijo con voz ronca y ansiosa.

—Me ha salvado, me ha salvado. —Tendió las manos hacia el joven y, cuando él las tomó entre las suyas, ella rompió a llorar.

—Rhoda... —dijo Despard.

Sus manos se fundieron en un largo apretón.

Por la mente de Despard pasó una repentina visión: un paisaje africano y Rhoda riendo feliz a su lado...

Capítulo 30
Asesinato

—¿Quiere usted decir que Anne me ha tirado al río intencionadamente? —dijo Rhoda con incredulidad—. Reconozco que a mí así me lo ha parecido. Ella estaba enterada de que yo no sabía nadar. Pero... ¿ha sido deliberado?

—Por completo —dijo Poirot.

Pasaban entonces por los arrabales de Londres.

—Pero..., pero... ¿por qué?

Poirot no contestó hasta pasados unos segundos. Creía conocer el motivo por el cual Anne había actuado de aquella forma y aquel motivo estaba sentado junto a Rhoda.

—Debe usted prepararse, miss Dawes, para recibir un disgusto —manifestó el policía—. Al parecer, Mrs. Benson no murió a causa de un accidente. Por lo menos, tenemos ciertas razones para suponerlo.

—¿A qué se refiere?

—Creemos —intervino Poirot— que Anne Meredith cambió de sitio las dos botellas.

—¡Oh, no, no! ¡Qué cosa tan horrible! Es imposible. ¿Anne? ¿Por qué lo hizo?

—Tenía sus motivos —dijo el superintendente—. Pero la cuestión es, miss Dawes, que por lo que sabía su amiga, usted era la única persona que podía darnos una pista sobre aquel incidente. Supongo que no le diría que se lo contó todo a Mrs. Oliver, ¿verdad?

—No. Pensé que se enfadaría conmigo.

—Desde luego. Y se enfadó mucho —dijo Battle, ceñudo—. Pero ella creía que el único peligro podría provenir de usted y por eso decidió..., ejem..., eliminarla.

—¿Eliminarme a mí? ¡Oh, qué brutalidad! No puede ser.

—Bueno, ahora ya ha muerto —observó Battle— y, por lo tanto, lo dejaremos todo tal como está, pero no era una amiga que le conviniera, miss Dawes, y eso sí que es verdad.

El coche aminoró la marcha y se detuvo delante del edificio donde vivía el detective.

—Subiremos al apartamento de monsieur Poirot —dijo el superintendente—. Hablaremos sobre el asunto.

En el salón de Poirot fueron recibidos por Mrs. Oliver, que hasta entonces había estado entreteniendo al doctor Roberts. Bebían jerez. Mrs. Oliver llevaba uno de los nuevos sombreros que la moda había impuesto entonces, así como un traje de terciopelo con un lazo sobre el pecho en el cual reposaba un trozo de manzana.

—Pasen, pasen —invitó hospitalaria la mujer como si estuviera en su casa—. Tan pronto como he recibido su llamada, he telefoneado al doctor Roberts y ha venido aquí. Todos sus pacientes se están muriendo, pero esto no le preocupa. En realidad, si no los visita se pondrán mejor. Queremos enterarnos de todo lo que ha pasado.

—Sí, es cierto. Estoy hecho un lío —dijo Roberts.

—*Eh bien* —dijo Poirot—. El caso está cerrado. El asesino de Mr. Shaitana ha sido al fin descubierto.

—Eso me ha dicho Mrs. Oliver. Esa criatura, Anne Meredith. Casi no puedo creerlo. Me parece algo inverosímil.

—Era una homicida sin duda alguna —dijo Battle—. Tres muertes en su haber, y no ha sido culpa suya que no consiguiera ejecutar con éxito la cuarta.

—¡Increíble! —murmuró Roberts.

—Nada de eso —intervino Mrs. Oliver—. Era la persona menos probable. Al parecer, ocurre lo mismo en la vida real que en las novelas.

—Ha sido un día lleno de sorpresas —opinó el médico—. Primero, la carta de Mrs. Lorrimer. Supongo que sería una falsificación, ¿no es cierto?

—Precisamente. Una falsificación muy buena, hecha por triplicado.

—¿También se dirigió una a sí misma?

—Naturalmente. La falsificación estaba muy bien hecha, no habría engañado a un perito, desde luego, pero no era probable que interviniese un experto. Todas las pruebas parecían demostrar que Mrs. Lorrimer se suicidó.

—Perdone mi curiosidad, monsieur Poirot, pero ¿qué le hizo sospechar que no se había suicidado?

—Cierta conversación que he tenido con una criada de Cheyne Lane.

—¿Le ha dicho que Anne Meredith estuvo allí anoche?

—Me ha dicho eso, entre otras cosas. Y así, como ustedes verán, he llegado a una conclusión sobre la identidad de la persona culpable. Es decir, de la persona que mató a Shaitana. Esa persona no fue Mrs. Lorrimer.

—¿Qué indicio le hizo sospechar de miss Meredith?

Poirot levantó una mano.

—Un momento. Déjeme que trate el asunto a mi manera. Permítame, digámoslo así, que vaya eliminando. El asesino de Shaitana no fue Mrs. Lorrimer, ni tampoco Despard y, aunque parezca mentira, tampoco fue miss Meredith.

Se inclinó hacia delante. Su voz era suave y ronroneante como la de un gato.

—Porque fue usted, doctor Roberts, quien mató a Shaitana y quien ha matado también a Mrs. Lorrimer.

Siguió un silencio que duró por lo menos tres minutos.

Al fin, Roberts lanzó una risotada un tanto amenazadora.

—¿Está usted loco, monsieur Poirot? Yo no maté a Shaitana, ni he tenido posibilidad de asesinar a Mrs. Lorrimer. Mi querido Battle —se volvió hacia el superintendente—, ¿está usted de su parte? ¿Piensa como él?

—Creo que será preferible que escuche lo que monsieur Poirot tiene que decirle —respondió Battle con tranquilidad.

—Es cierto que, a pesar de saber desde hace tiempo que usted y solo usted había asesinado a Shaitana, no había forma de demostrarlo. Pero el caso de Mrs. Lorrimer es completamente diferente. —Se inclinó hacia delante otra vez—. No solo lo sé yo. Es mucho más simple que eso, porque tengo un testigo presencial que vio cómo usted lo hacía.

Roberts no movió un solo músculo, aunque sus ojos despidieron un rápido destello.

—Está usted diciendo tonterías —observó bruscamente.

—¡Oh, no! Nada de eso. Ha ocurrido esta mañana muy temprano. Se las ha arreglado usted para llegar hasta la habitación de Mrs. Lorrimer, donde esta dormía profundamente, todavía bajo la influencia de la droga que tomó anoche. Allí ha fingido saber, con una sola ojeada, que la mujer estaba muerta. Se ha desembarazado usted de la criada mandándola en busca de coñac, agua caliente y todo lo demás. Así se ha quedado solo en la habitación. La criada únicamente ha atisbado lo que ocurría. ¿Qué ha pasado después? Tal vez no estará usted enterado, doctor Roberts, del hecho de que ciertas empresas dedicadas a la limpieza de ventanas y escaparates llevan a cabo su trabajo a primeras horas de la mañana. Un empleado de una de dichas empresas ha llegado con su escalera al mismo tiempo que usted. Ha apoyado la escalera contra una de las paredes de la casa y se ha puesto a trabajar. La primera ventana que ha empezado a limpiar correspondía a la habitación de Mrs. Lorrimer. No obstante, cuando ha visto lo que pasaba en el interior, se ha ido a limpiar a otra ventana..., pero ya había visto lo suficiente. El propio interesado nos contará lo que ha visto.

Poirot cruzó la habitación, abrió la puerta y dijo:

—Pase, Stephens.

Un hombre corpulento y pelirrojo, de aspecto torpe, entró en el salón. Incómodo, jugueteaba con una gorra que llevaba un rótulo: *Asociación de limpiaventanas de Chelsea*.

—¿Conoce a alguno de los presentes? —preguntó el detective.

El hombre echó una ojeada a los presentes y luego hizo un tímido gesto con la cabeza, hacia donde estaba Roberts.

—A ese.

—Díganos cuándo lo ha visto usted por última vez y qué es lo que estaba haciendo.

—Ha sido esta mañana, a las ocho. En casa de una señora que vive en Cheyne Lane. Me disponía a limpiar las ventanas. La mujer estaba en la cama y parecía enferma. Cuando la he visto, descansaba la cabeza sobre la almohada. He supuesto que este caballero era médico. Ha subido la manga del camisón de aquella mujer y le ha inyectado algo aquí. —Indicó el sitio—. Ella ha dejado caer otra vez la cabeza sobre la almohada. He pensado que era mejor empezar por otra ventana y así lo he hecho. Espero no haber hecho nada malo.

—Ha obrado usted admirablemente, amigo mío. *Eh bien*, doctor Roberts.

—Era un simple estimulante. La última esperanza de que volviera en sí. Es monstruoso que...

—¿Un simple estimulante? Metilo-exenil-metilo-malonil-urea —dijo Poirot, acentuando las sílabas—. Más comúnmente conocido como Evipán. Se utiliza como anestésico en operaciones de corta duración. Inyectado por vía intravenosa en grandes dosis, produce instantáneamente la inconsciencia. Es peligroso utilizarlo después de haber administrado veronal o algún barbitúrico al paciente. Me he dado cuenta de la moradura que presentaba uno de los brazos de Mrs. Lorrimer, donde sin ninguna duda le había sido inyectado algo en la vena. Aquello ha sido una pista para el forense y la droga ha sido sencillamente descubierta por una persona de tanta relevancia como sir Charles Imphrey, químico del Ministerio del Interior.

—Eso, según creo, cierra el círculo —dijo Battle—. No hay necesidad de que probemos lo de Shaitana, aunque, desde luego, si es necesario, podemos acusarlo además del asesinato de Mr. Charles Craddock y posiblemente del de su esposa.

La mención de estos nombres acabó con la entereza de Roberts.

Se recostó en su asiento.

—Se me ha ido la mano —admitió—. ¡Me han cogido! Supongo que ese taimado diablo de Shaitana se lo contaría todo antes de que nos reuniera para cenar aquella noche. Y yo que pensé que lo había hecho callar justo a tiempo.

—No debe usted echar la culpa a Shaitana —dijo Battle—, todo el mérito es de Poirot.

Fue hacia la puerta y entraron dos hombres.

La voz del Battle adoptó un tono oficial al pronunciar las palabras de arresto.

Cuando la puerta se cerró tras el acusado, Mrs. Oliver afirmó en tono alegre, aunque sonaba a falso:

—¡Siempre he dicho que lo había hecho él!

246

Capítulo 31
Cartas sobre la mesa

Era el gran momento de Poirot. Todas las caras estaban vueltas hacia él con expectación anhelante.

—Son ustedes muy amables —dijo el detective sonriendo—. Me imagino que ya saben lo que disfruto con estas pequeñas disertaciones. Soy un individuo bastante prosaico y este caso ha sido para mí uno de los más interesantes con que he tropezado hasta ahora. Eran cuatro personas. Una de las cuatro cometió el asesinato, pero ¿cuál de ellas? ¿Había algo que señalara hacia alguien? En el sentido material, no. No existían indicios tangibles, ni huellas digitales, ni papeles o documentos acusadores. Solo existían las propias personas.

»Y una pista palpable: las hojas de tanteo. Recordarán que, desde el principio, mostré un particular interés por esas hojas. Me dijeron algo sobre las personas que las habían llenado y también otros detalles. Me facilitaron un valioso indicio. Me fijé enseguida en la cifra 1.500 al final del tercer *rubber*. Esa cifra solo podía significar una cosa: una declaración de gran *slam*. Ahora bien, si una persona toma la determinación de cometer un crimen bajo circunstancias tan extraordinarias, es decir, durante una partida de *bridge*, esa persona corre claramente dos riesgos diferentes. El primero es que la víctima puede gritar y el segundo que, aun en el caso de que no grite, alguno de sus compañeros de juego levante la vista en el momento preciso y presencie el hecho.

»Por lo que atañe al primero de los riesgos citados, nada podía hacerse. Era cuestión de suerte. Pero respecto al segundo, sí que podía intentarse algo. Es sabido que durante una mano interesante, la atención de los tres jugadores estará centrada por completo en el juego, mientras que durante una mano aburrida estarán más dispuestos a fijarse en lo que los rodea. Una declaración de gran *slam* es siempre excitante. A menudo, y en este caso así fue, la doblan. Cada uno de los tres jugadores jugó sus cartas con enorme atención: el que subastó, con el fin de hacer las bazas precisas, y los contrarios, al objeto de descartarse correctamente y lograr que el otro no pudiera cumplir su subasta.

»Existía, pues, una posibilidad de que el crimen hubiese sido perpetrado durante esa mano y me propuse averiguar, a ser posible, cómo se desarrolló exactamente la subasta. Pronto averigüé que durante aquella mano, Roberts hizo de *muerto*. Sentada dicha hipótesis, ataqué el asunto desde mi segundo punto de vista: la probabilidad psicológica. De los cuatro sospechosos, Mrs. Lorrimer se me presentó como la más dispuesta para planear y llevar a cabo con éxito un asesinato, pero no podía imaginarla como autora de ningún crimen que tuviera que ser improvisado en un momento dado. Por otra parte, sus modales de aquella noche me confundieron. Sugerían que, o sabía quién lo había hecho, o bien fue ella quien había cometido el asesinato. Miss Meredith, Despard y Roberts tenían también posibilidades psicológicas, aunque, como dije en cierta ocasión, cada uno de ellos hubiese actuado de forma enteramente diferente.

»A continuación, hice una segunda prueba. Les pregunté por turno qué era lo que recordaban del aspecto de la habitación. Con ello conseguí cierta información valiosa. En primer lugar, la persona que mejor pudo fijarse en la daga era el doctor Roberts. Es un observador natural de bagatelas de cualquier clase, lo que se llama un hombre observador. Sin embargo, de las manos que jugó no recordaba prácticamente nada. No esperaba que recordase gran cosa, pero el completo olvido parecía dar a entender que tuvo algo más en su pensamiento durante toda la velada. Otra vez, como ven, Roberts era la persona indicada.

»Vi que Mrs. Lorrimer tenía una memoria maravillosa para las cartas y pude imaginarme con facilidad que, con su poder de concentración, podía cometerse un crimen a su lado sin que se diese cuenta de nada. Me proporcionó una información de enorme valor. El gran *slam* fue subastado por Roberts sin ninguna justificación y, como fue ella la que había abierto la subasta con ese palo, ella tuvo que jugar la mano.

»La tercera prueba, en la cual tanto el superintendente como yo tuvimos que trabajar duramente, fue el descubrimiento de crímenes anteriores con el fin de establecer una similitud de métodos. El mérito de estos descubrimientos pertenece a Battle, a Mrs. Oliver y a Race. Cuando comenté el asunto con mi amigo Battle, me confesó que estaba contrariado porque no veía ningún punto de semejanza entre alguno de aquellos asesinatos anteriores y el de Mr. Shaitana.

»Pero, en realidad, no estaba en lo cierto. Los dos asesinatos atribuidos a Roberts, si se examinaban atentamente y desde el punto de vista psicológico y no material, demostraban ser iguales. Habían sido lo que se puede denominar asesinatos públicos. Una brocha de afeitar infectada audazmente en el propio tocador de la víctima, mientras el médico se lava las manos después de una visita. El asesinato de Mrs. Craddock, bajo la apariencia de una vacuna antitífica, cometido, otra vez a ojos vistas, ante todo el mundo, podríamos decir. La reacción del hombre es la misma: se ve acorralado, busca una ocasión y actúa sin dudar, audaz y eficazmente, como con sus faroles cuando juega al *bridge*. Como en el *bridge*, corrió un considerable riesgo cuando mató a Shaitana, pero jugó bien las cartas. Dio el golpe en el instante preciso.

»Entonces, cuando ya estaba completamente convencido de que Roberts era el culpable, Mrs. Lorrimer me rogó que fuera a verla y se acusó del crimen de una manera totalmente convincente. ¡Casi me convenció! Durante unos momentos, llegué a creer lo que me decía, pero mis pequeñas células grises recobraron su dominio. No podía ser y, por lo tanto, no era así.

»Pero lo que me dijo ponía todavía más difíciles las cosas: me aseguró que había visto cómo Anne Meredith cometía el crimen.

»Hasta esta mañana, cuando me he detenido junto a su lecho de muerte, no he visto que yo tenía razón, aunque ella también me había dicho la verdad.

»Anne Meredith se dirigió hacia la chimenea ¡y vio que Shaitana estaba muerto! Se inclinó sobre él, tal vez extendió la mano hacia la brillante empuñadura del puñal. Abrió la boca para gritar, pero no lo hizo. Recordó lo que Shaitana había dicho durante la cena. Ella, Anne Meredith, tenía un motivo para desear su muerte. Todos dirían que ella lo había asesinado. No se atrevió a gritar. Asustada, volvió a la mesa de juego y se sentó.

»Por lo tanto, Mrs. Lorrimer tenía razón al asegurar que había visto cómo se cometía el crimen, pero yo también la tenía porque, en realidad, ella no lo vio.

»Si Roberts se hubiera contenido en este punto, dudo de que nunca le hubiésemos podido achacar sus crímenes. Deberíamos haberlo hecho con una mezcla de engaño y algunos ingeniosos artificios. Yo lo habría intentado de todos modos.

»Pero se dejó vencer por sus nervios y se le fue la mano. En esta ocasión, no tenía buenas cartas y falló muchas bazas. No hay duda de que estaba intranquilo. Sabía que Battle investigaba. Presintió que esa situación continuaría indefinidamente. La policía seguiría buscando y, tal vez por un milagro, descubriría sus crímenes anteriores.

»Se le ocurrió la brillante idea de que Mrs. Lorrimer hiciera de víctima propiciatoria por cuenta de los cuatro sospechosos. Su ojo clínico se dio cuenta, indudablemente, de que la mujer estaba enferma y de que su vida no podía durar mucho. Resultaba pues muy natural que, en dichas circunstancias, eligiera una manera fácil de desaparecer, confesando su crimen antes de hacerlo.

»Se procuró, por lo tanto, una muestra de su letra, falsificó tres cartas y ha llegado a la casa de ella por la mañana con el pretexto de la carta que acababa de recibir. Antes ha dado instrucciones a su doncella para que telefoneara a la policía diciendo lo que pasaba. Todo lo que necesitaba era tomar la iniciativa y lo ha conseguido. Cuando ha llegado el forense, ya había acabado todo. Roberts tenía preparado el cuento de la respiración artificial que no ha dado resultado. Todo era perfectamente verosímil.

»Con todo ello no pensaba dirigir sus sospechas hacia Anne Meredith. No conocía siquiera su visita de anoche. Su único propósito era obtener mayor seguridad por medio de este suicidio simulado. Ha pasado un mal momento cuando le he preguntado si estaba familiarizado con la letra de Mrs. Lorrimer. Si se había descubierto la falsificación, podía excusarse diciendo que nunca había visto antes dicha letra. Su mente ha trabajado con rapidez, pero no con la suficiente.

»Desde Wallingford he telefoneado a Mrs. Oliver. Ella ha desempeñado su papel, calmando sus sospechas y trayéndolo aquí. Pero luego, cuando se congratulaba por lo bien que había salido todo, aunque no como él lo había planeado, ha caído el golpe sobre su cabeza. ¡Ha surgido Hércules Poirot! Y el jugador no ha podido hacer ninguna baza más. Ha tenido que poner las cartas sobre la mesa. *C'est fini.*

Rhoda rompió con un suspiro el silencio que siguió a las palabras del detective.

—Ha sido una suerte que a ese hombre se le ocurriera limpiar aquella ventana.

—¿Suerte? ¿Suerte? No ha sido la suerte, mademoiselle. Han sido las células grises de Hércules Poirot. Eso me recuerda que... —Se dirigió hacia la puerta—. Pase, pase, querido amigo. Ha llevado a cabo su papel *à merveille*.

Volvió acompañado por el limpiaventanas, que ahora llevaba en la mano una peluca pelirroja y parecía una persona del todo diferente.

—Mi amigo Mr. Gerald Hemmingway, un joven actor de notable porvenir.

—Entonces, ¿no es un limpiaventanas? —exclamó Rhoda—. ¿Nadie ha visto realmente lo que hacía Roberts?

—Yo lo he visto. Con los ojos del pensamiento se puede ver más que con los del cuerpo. Solo hay que recostarse en la silla y cerrarlos.

Y Despard propuso jocosamente:

—Apuñalémosle, Rhoda, y veamos si su fantasma vuelve y descubre quién lo ha hecho.

DESCUBRE LOS CLÁSICOS DE

Agatha Christie®

TRES
RATONES
CIEGOS

MUERTE
BAJO EL SOL

EN EL
HOTEL
BERTRAM

LA
CASA
TORCIDA

EL MISTERIO
DE LA GUÍA DE
FERROCARRILES

EL ESPEJO
SE RAJÓ
DE LADO
A LADO

EL MISTERIOSO
CASO DE
STYLES

LOS
CUATRO
GRANDES

ASESINATO EN
MESOPOTAMIA

EL CASO
DE LOS
ANÓNIMOS

NÉMESIS

Y NO
QUEDÓ
NINGUNO

PROBLEMA
EN POLLENSA

LAS
MANZANAS

EL TRUCO
DE LOS
ESPEJOS

CARTAS
SOBRE
LA MESA

HACIA CERO

EL TESTIGO
MUDO

MATAR
ES FÁCIL

TERCERA
MUCHACHA

EL MISTERIO
DE LAS SIETE
ESFERAS

EL MISTERIO
DE PALE
HORSE

www.coleccionagathachristie.com